Faye | Petit pays

Lektüreschlüssel XL

für Schülerinnen und Schüler

Gaël Faye

Petit pays

Von Pia Keßler

Reclam

Dieser Lektüreschlüssel bezieht sich auf folgende Textausgabe:
Gaël Faye: *Petit pays*. Stuttgart: Klett, 2017.

Lektüreschlüssel XL | Nr. 15545
2024 Philipp Reclam jun. Verlag GmbH,
Siemensstraße 32, 71254 Ditzingen
Druck und Bindung: Esser printSolutions GmbH,
Untere Sonnenstraße 5, 84030 Ergolding
Printed in Germany 2024
RECLAM ist eine eingetragene Marke
der Philipp Reclam jun. GmbH & Co. KG, Stuttgart
ISBN 978-3-15-015545-5

www.reclam.de

Inhalt

1. Schnelleinstieg 7

2. Inhaltsangabe 12

3. Figuren 23

Gabriel (Gaby), der Protagonist 23
Michel, Gabriels Vater 25
Yvonne, Gabriels Mutter 26
Ana, Gabriels Schwester 28
Yvonnes Familie 29
Die Hausangestellten in Bujumbura 33
Gabriels Freunde 36

4. Form und literarische Technik 41

Die Erzählperspektive 41
Bildungsroman, Entwicklungsroman oder Coming-of-age-Roman? 42
Die Struktur des Romans 44

5. Quellen und Kontexte 46

Der Genozid in Ruanda 46
Zeugen des Genozids 52
Das heutige Ruanda – 30 Jahre nach dem Genozid 57

6. Interpretationsansätze 59

7. Autor und Zeit 105

8. Rezeption 113

9. Prüfungsaufgaben mit Lösungshinweisen 129

10. Literaturhinweise/Medienempfehlungen 148

11. Anmerkungen 155

12. Zentrale Begriffe und Definitionen 159

1. Schnelleinstieg

Titel	*Petit pays*
Autor	Gaël Faye, geb. 1982 in Burundi als Sohn einer ruandischen Mutter und eines französischen Vaters, lebt heute als Musiker und Schriftsteller in Frankreich.
Gattung	autofiktionaler Roman
Erscheinungs-datum	2016
Thema	Erinnerungen aus dem französischen Exil heraus an eine Kindheit in Burundi und die Erfahrung des 1994 an den Tutsi verübten Genozids in Ruanda.
Perspektive	Erzählt wird aus der Sicht eines 33-jährigen Mannes, der die Perspektive des 10-jährigen Jungen Gabriel einnimmt.
Auszeich-nungen	Prix Goncourt des Lycéens 2016 Prix du premier roman français 2016
Verfilmung	2020 unter dem gleichen Titel verfilmt, Regie: Eric Barbier

Petit pays ist ein preisgekrönter Roman des französisch-ruandischen Autors Gaël Faye. Das Buch erzählt die Geschichte des 10-jährigen Gabriel (Gaby), der in Burundi aufwächst, einem kleinen subsaharischen

autofiktionaler Roman: le roman d'auto-fiction (*f.*) | **Genozid:** le génocide | **Verfilmung:** l'adaptation (*f.*) cinématographique | **preisgekrönt:** couronné, e de prix (littéraires) | **subsaharisch:** subsaharien, ne

Bujumbura, Burundi, 1990er Jahre

Instabilitätserfahrung des Protagonisten

Hutu versus Tutsi

Land, das stark kolonial geprägt ist. Gaby, Sohn einer ruandischen Mutter, die als Tutsi im burundischen Exil lebt, und eines französischen Vaters, wächst während der politischen Unruhen der 1990er Jahre in wohlhabenden und behüteten Verhältnissen im burundischen Bujumbura auf.

Sein Leben wird sowohl von privater als auch von politischer Instabilitätserfahrung geprägt. So ist für ihn die Trennung der Eltern und der Auszug seiner Mutter eine entscheidende Erfahrung. Politisch folgt auf die ersten freien Wahlen in Burundi ein Staatsstreich, bei dem der frisch gewählte Präsident umgebracht wird. Weder die Bedeutung der Wahlen, noch die des Staatsstreichs kann Gaby voll erfassen, da sein Vater ihn von der ›großen Politik‹ fernhalten möchte.

Er wird schnell mit der Realität der zunehmenden ethnischen Unruhen in Ruanda konfrontiert. Während eines Verwandtenbesuchs in Ruanda erfährt er zum ersten Mal, wie tief der künstlich gezogene Graben zwischen den Tutsi und den Hutu ist. Dies spiegeln ihm auch seine Freunde, die sich in ihrer Gruppe radikalisieren.

Als der Völkermord in Ruanda beginnt, dem ein großer Teil von Gabys Familie zum Opfer fallen wird, versucht er der grausamen Realität durch klassischen

kolonial geprägt: marqué, e par le colonialisme | **Unruhen:** les troubles (*f. pl.*), les émeutes (*f. pl.*) | **behütet:** protégé, e; à l'abri du monde | **Instabilitätserfahrung:** le sentiment d'instabilité (*f.*) | **Staatsstreich:** le coup d'État (*m.*) | **Graben:** le fossé | **spiegeln:** refléter | **zum Opfer fallen:** être victime (*f.*)

Eskapismus in seine Bücherwelt zu entgehen. Aber auch das funktioniert nicht.

Flucht in die Bücher

Der zunehmenden Radikalisierung kann sich Gaby nicht entziehen. Auch er wird gewalttätig, tötet sogar einen Menschen. Die Frage der Schuld am Tod eines Menschen wird implizit gestellt.

Zunehmende Radikalisierung

Seine Mutter kehrt völlig verstört aus Ruanda zurückkehrt, wohin sie gegangen war, um ihre Verwandten zu suchen. Sie ist stark traumatisiert, weil ihre Verwandten einem Massaker zum Opfer gefallen sind und sie ihre Leichen in einem grässlichen Zustand vorgefunden hat. Sie verlässt ihre Familie endgültig.

Völkermord in Ruanda

Und schließlich nimmt die allgegenwärtige Gewalt Gabriel auch sein Elternhaus und sein Land. Der Genozid findet vor den Augen der Vereinten Nationen und der Blauhelme statt. Er muss mit seiner Schwester Ana das Land verlassen, wird nach Frankreich ausgeflogen, wo er in St. Denis, einer Banlieue von Paris, lebt.

Genozid und Flucht

Er sehnt sich nach seiner Heimat, die er so plötzlich und unter dramatischen Bedingungen verlassen musste und beschließt mit 33 Jahren, nach Burundi zurückzukehren. Dort findet er seine Mutter wieder, die völlig dem Wahnsinn verfallen am Rande der Gesell-

Rückkehr nach Burundi

Eskapismus: l'escapisme (*m.*) | **implizit:** implicite | **verstört:** bouleversé, e | **Verwandte(r):** le parent / la parente | **traumatisiert:** traumatisé, e | **allgegenwärtig:** omniprésent, e | **Blauhelm:** le/la Casque bleu (Friedensoldat[in] der Vereinten Nationen) | **sich nach seiner Heimat sehnen:** avoir la nostalgie / avoir le mal de pays (*m.*)

schaft lebt und das Kriegstrauma nie überwinden konnte.

Mikrokosmos und Makrokosmos

Faye zeigt, wie Geschichte privat und öffentlich stattfindet, erzählt immer den Mikrokosmos der Familie und den großen politisch-historischen Makrokosmos.

Identitätszuschreibung und menschliche Beziehungen

Ein wichtiges Thema im Roman ist das der *Identitätszuschreibung*, zu der der Protagonist immer wieder aufgefordert wird. Der Roman beleuchtet neben dem Thema *Identität* auch die Themenbereiche *Freundschaft*, *Verlust* und *Familie*, die Wichtigkeit *menschlicher Beziehungen* und die Bedeutung der *Literatur*.

Der Roman als Autofiktion

Petit pays ist eine Autofiktion, d. h., es ist ein fiktionaler Roman, der autobiographische Elemente enthält und als typisches Merkmal von Literatur im Unterschied zur Geschichtsschreibung das aristotelische »Mögliche im Wirklichen« thematisiert. Der Ich-Erzähler des Romans, Gabriel, hat einen ähnlichen soziokulturellen Hintergrund wie sein Autor, Gaël Faye, und auch die Thematisierung der Identitätsproblematik beruht auf eigenen Erfahrungen des Autors. Darüber hinaus gibt es auch weitere Gemeinsamkeiten zwischen Gabriel und Gaël, aber es ist auch wichtig zu betonen, dass es Unterschiede gibt und dass es sich vor allem um eine Fiktion handelt, eine Fiktion, die nicht im luftleeren Raum spielt, sondern in einer kon-

Autofiktion: le roman d'auto-fiction (*f.*) | **Geschichtsschreibung:** l'historiographie (*f.*) | **soziokultureller Hintergrund:** l'arrière-fond socioculturel | **im luftleeren Raum:** dans le vide

kreten historisch-politischen Situation. Es gibt entsprechend keine referentielle Einheit zwischen Autor und Erzähler.

Die Erzählung wird aus der Perspektive des erwachsenen Gabriel erzählt, der die Ereignisse aus seiner Vergangenheit reflektiert und versucht, sie zu verstehen und zu verarbeiten. *Petit pays* ist eine aufwühlende Coming-of-Age-Geschichte, aber auch eine Auseinandersetzung mit den Auswirkungen von Krieg auf unschuldige Menschen in ihrem System.

Perspektive des Romans

Der Roman wurde unter anderem für den *Prix Goncourt* nominiert und mit dem *Prix Goncourt des Lycéens* und dem *Prix du premier roman français* ausgezeichnet.

Auszeichnungen

referentielle Einheit: l'unité (*f.*) de référence (*f.*) | **Erzählung:** le récit | **aufwühlend:** bouleversant, e | **Coming-of-Age-Geschichte:** le récit initiatique | **Auseinandersetzung:** la confrontation

2. Inhaltsangabe

Der Roman gliedert sich in einen Prolog, 31 Kapitel und einen Epilog.

Prolog

■ Unterscheidung von Hutu und Tutsi

Der Prolog beginnt damit, dass der Vater des Protagonisten, Michel, versucht, seinen Kindern Gaby und Ana den Unterschied zwischen Hutu und Tutsi zu erläutern. Ort der Handlung ist Bujumbura, die Hauptstadt Burundis in den 1980er Jahren. Dann springt die Erzählung ins Jahr 2010. Der Erzähler lebt in der Nähe von Paris und versucht, seine Erinnerungen an den Bürgerkrieg schreibend zu bewältigen.

1. Kapitel

■ Kindheit in Bujumbura

Die Kindheit des Erzählers Gaby wird thematisiert. Zusammen mit seinen Eltern, seiner ruandischen Mutter (Yvonne) und seinem französischen Vater (Michel), und seiner jüngeren Schwester Ana führt er in einem bürgerlichen Viertel der Hauptstadt Bujumbura ein unbesorgtes Leben. Getrübt wird die Erzählung durch die zunehmenden Unstimmigkeiten zwischen den Eltern, die immer häufiger streiten.

Erzähler(in): le narrateur / la narratrice | **Bürgerkrieg:** la guerre civile | **ruandisch:** rwandais, e | **getrübt werden:** être terni, e

2. Kapitel

Die Familie macht am Nikolaustag 1992 einen Ausflug nach Zaïre, wo ein belgischer Freund des Vaters, Jacques, lebt. Beim Essen kommt es zu einer Auseinandersetzung mit Yvonne, die sich durch die rassistischen und kolonialistischen Äußerungen von Jacques beleidigt fühlt.

■ Rassistische Äußerungen

3. Kapitel

Noch im Winter 1992 kommt es zur Trennung von Yvonne und Michel. Auch der Familienausflug zum Tanganyikasee und die schöne Landschaft können die Streitereien zwischen den Eltern nicht verhindern.

■ Trennung der Eltern

4. Kapitel

Gaby unternimmt an Weihnachten und Neujahr 1993 mit seinem Vater einen Ausflug. Bei der Rückkehr erfahren sie, dass Calixte, der Gärtner, unter anderem Gabys neues Fahrrad gestohlen und die Familie verlassen hat.

■ Fahrraddiebstahl

Auseinandersetzung: la dispute | **Trennung:** la séparation

5. Kapitel

Die Zwillinge

Gaby erfährt von seinen Freunden, den Zwillingen, dass sie gegen ihren Willen eine Beschneidung hinter sich bringen mussten. Sie haben außerdem sein gestohlenes Fahrrad entdeckt.

6. Kapitel

Letztes unbeschwertes gemeinsames Frühstück mit Gaby, Ana, Michel und den Bediensteten (Prothé, Donatien, Innocent) auf der Terrasse des Anwesens.

7. Kapitel

Brieffreundin Laure

In der französischen Schule in Bujumbura gibt es einen Briefaustausch mit einer Schule in Frankreich. Gaby erhält seinen ersten Brief von seiner französischen Brieffreundin Laure, den er umgehend beantwortet.

8. Kapitel

Suche nach dem Fahrrad

Gaby macht sich mit Innocent und Donatien auf die Suche nach dem gestohlenen Fahrrad. Sie werden fündig bei einem Mann, der das Rad Calixte abge-

Zwillinge: les jumeaux | **gegen den Willen von:** contre le gré de qn | **Beschneidung:** la circoncision | **etw. hinter sich bringen:** subir qc | **unbeschwert:** insouciant, e | **Bedienstete(r):** l'employé, e | **Anwesen:** la propriété | **Briefaustausch:** la correspondance (épistolaire) | **umgehend:** tout de suite | **fündig werden:** trouver qc

kauft und seinem Sohn geschenkt hat. Er fleht ihn nun an, seinem Sohn das Rad nicht wieder wegzunehmen – erfolglos.

9. Kapitel

Das 9. Kapitel erzählt von Gabys Besuch bei der ruandischen Familie. Es gibt einen Flashback: Er führt zurück in das Jahr 1990 zum Ausbruch des Krieges in Ruanda, bei dem auch Gabys Onkel Alphonse verstarb. Gaby war damals 8 Jahre alt. Jetzt, nachdem der Friedensvertrag gescheitert ist, zieht auch Gabys Onkel Pacifique in den Krieg, obwohl er die Kämpfe vorher verurteilt hat.

■ Flashback

10. Kapitel

Die »Bande de l'impasse«, Gabys Jungs-Gang, zu der sein Freund Gino, die Zwillinge, Armand und Francis gehören, vertreiben sich die Zeit damit zu schwimmen und Mangos zu klauen und zu verkaufen.

■ Gabys Bande

11. Kapitel

Der Krieg bricht aus. Im Gegensatz zu Gino interessiert sich Gaby nicht für Politik, geht aber trotzdem mit ihm ins »Cabaret«, eine Bar, um Neuigkeiten über

■ Kriegsausbruch

jdn. anflehen: implorer, supplier qn | **Ausbruch des Krieges:** le déclenchement de la guerre | **in den Krieg ziehen:** partir à la guerre | **l'impasse** (*f.*): Sackgasse | **klauen:** piquer, voler | **ausbrechen:** éclater

den Kriegsausbruch in Ruanda zu erfahren. Gaby befragt Gino zu dessen Mutter.

12. Kapitel

Frodebu vs. Uprona

Die Zeit kurz vor den Wahlen wird beschrieben – es kommt zu einer Konfrontation zwischen Prothé, der für Frodebu ist, und Innocent, der Uprona unterstützt.

13. Kapitel

Erste demokratische Wahl

Zum ersten Mal sind die burundischen Bürger aufgerufen zu wählen. Der Frodebu gewinnt und Melchior Ndadaye wird Präsident. Gaby beschreibt Laure in einem Brief die Wahlen.

14. Kapitel

Das Geburtstagsfest

Zu Gabys 11. Geburtstag wird eine »Krokodilfest« veranstaltet, bei dem alle zusammenkommen, Krokodilfleisch essen und so den Geburtstag feiern. Gaby erhält auch eine Postkarte von Laure.

Wahlen: les élections (*f. pl.*) | **Frodebu:** Front pour la Démocratie au Burundi | **Uprona:** Union pour le Progrès national (nationalistische Partei in Burundi – Unterstützer sind zumeist Tutsi) | **Krokodil:** le crocodile

15. Kapitel

Schulbeginn nach den großen Ferien. Gaby und seine Freunde sprechen über Marken, über Mode; es beginnt wieder der Schulalltag, als ein Erdbeben das Land erschüttert.

Schulbeginn

16. Kapitel

Am 21. Oktober 1993 gibt es einen Staatsstreich – der frisch gewählte Präsident wird umgebracht.

Staatsstreich

17. Kapitel

Eine Woche nach dem Staatsstreich beginnt die Schule wieder. Die Freunde wollen bei Francis, den sie nicht mögen, Mangos stehlen. Er erwischt sie, wird gewalttätig und versucht Gaby und Gino im Fluss zu ertränken. In diesem Moment gibt Gino zu, dass seine Mutter gestorben ist, was Francis dazu bewegt, ihn freizulassen.

Francis' Gewalt

18. Kapitel

Es herrscht das Phänomen der »toten Stadt«, d. h. die Stadt befindet sich in einer Art Ausgangssperre. Das Thema des Unterschieds zwischen Hutu und Tutsi

Ausgangssperre

Erdbeben: le tremblement de terre (f.) | **erschüttern:** secouer | **gewalttätig:** violent, e | **ertränken:** noyer | **Ausgangssperre:** le couvre-feu

wird erstmalig in der Schule angesprochen – das Verhalten der Kinder untereinander verändert sich. Der Konflikt zwischen Prothé und Innocent spitzt sich zu.

19. Kapitel

Reise nach Kigali

Gaby fährt mit seiner Mutter und seiner Schwester zu Eusébie, einer Tante seiner Mutter nach Kigali. Besonders gut versteht er sich mit seinem Cousin Christian. Sein Onkel Pacifique kündigt seine Hochzeit mit Jeanne an und erzählt seiner Schwester von einem geplanten Massaker an den Tutsi. Er bittet sie, die schwangere Jeanne und Eusébies Kinder in Burundi aufzunehmen.

20. Kapitel

Pacifiques Hochzeit

Der Genozid wird vorbereitet. Pacifiques Hochzeit findet heimlich in Gitarama statt – auf dem Weg dorthin erlebt Gaby erstmals bei einer Militärkontrolle offenen Rassismus gegenüber den Tutsi.

sich zuspitzen: s'aggraver | **Massaker:** le massacre | **jdn. aufnehmen:** accueillir qn | **heimlich:** en secret (*m.*)

21. Kapitel

Gino und Gaby werden »Blutsbrüder« und Francis wird eingeladen, Teil der Bande zu sein. Francis und Gino haben eine Gemeinsamkeit: Beide haben die Mutter verloren.

Blutsbrüder

22. Kapitel

Am 7. April 1994 beginnt nach dem Tod der Staatspräsidenten von Ruanda und Burundi der Völkermord in Ruanda. Gabys Mutter, die Großmutter (mamie) und die Urgroßmutter (Rosalie) machen sich auf den Weg nach Ruanda, um die dortigen Familienmitglieder nach Burundi zu holen.

Der Völkermord beginnt

23. Kapitel

Die Zwillinge verlassen aufgrund der sich zuspitzenden Situation das Land. Die zurückgebliebenen Jungs suchen nach einem neuen Namen für ihre Bande, die sich zunehmend radikalisiert. Gaby entdeckt die Literatur, besucht immer häufiger seine Nachbarin, Mme Economopoulos, die ihm Bücher ausleiht. Für Gaby ist die Flucht in die Literatur eine Möglichkeit, sich der Wirklichkeit zu entziehen.

Radikalisierung der Bande

Blutsbrüder: frères de sang (*m.*) | **Gemeinsamkeit:** le point commun | **sich einer Sache entziehen:** se dérober à qc, s'enfuir de qc

24. Kapitel

Morde in Ruanda

Gewalt und Krieg in Burundi nehmen zu – Gaby wird Zeuge einer Lynchjustiz mitten in Bujumbura. Yvonne kommt verstört aus Ruanda zurück und erzählt von der grausamen Situation in Ruanda und davon, dass sie die Leichen ihrer Großneffen und die von Pacifique gefunden hat.

25. Kapitel

Zuspitzung der Konflikte

Es wird Gaby klar, dass die Hausangestellten viel stärker unter dem Krieg leiden als seine Familie, da in dem Viertel Kamenge, wo die Angestellten leben, der Krieg allgegenwärtig ist. Auch innerhalb der Bande spitzt sich die Situation zu und es kommt zu Konflikten – Gino zeigt ihnen zwei Handgranaten, was Gaby und Armand sehr schockiert.

26. Kapitel

Yvonnes Trauma

Yvonne ist traumatisiert von dem, was sie in Rwanda gesehen hat, sie beginnt zu trinken und weckt Ana nachts, um ihr sehr detailliert und verstörend von der Entdeckung der Leichen ihrer Großcousins zu erzählen. Eines Nachts wird sie gewalttätig gegenüber ihrer

Zeuge/-in: le/la témoin | **Lynchjustiz:** le lynchage | **Leiche:** le cadavre | **Großneffe/Großnichte:** le petit-neveu / la petite-nièce | **unter etw. leiden:** souffrir de qc | **Handgranate:** la grenade à main (*f.*)

Tochter und verletzt sie. Danach verlässt sie das Haus und verschwindet.

27. Kapitel

Gaby schreibt einen Brief an den toten Christian, und drückt seine Trauer darüber aus, ihn verloren zu haben. Er schreibt über seine Gefühle und vertraut ihm alle Unsicherheiten an, weil er merkt, dass sein Leben aus den Fugen geraten ist. In diesem Brief schreibt er auch, dass er in Laure verliebt ist.

Brief an Christian

28. Kapitel

Fünf bewaffnete Männer dringen ins Haus von Gabys Familie ein und bedrohen Prothé, weil er Hutu ist, und die beiden Kinder, weil sie Franzosen sind. Gaby zieht sich in sein Bett zurück und liest ein Buch nach dem anderen.

Bedrohung der Familie

29. Kapitel

Nachdem Armands Vater ermordet wurde, wollen die Jungs der Bande sich rächen und zwingen Gaby dazu,

Gewalt und Mord

Trauer: le deuil | **Unsicherheit:** l'incertitude (*f.*) | **aus den Fugen geraten:** se disloquer, basculer | **bewaffnet:** armé, e | **in ein Haus eindringen:** pénétrer dans une maison | **bedrohen:** menacer | **sich zurückziehen:** se retirer | **sich rächen:** se venger de qn

den vermutlichen Mörder von Armands Vater zu töten. Damit wird Gaby selbst gewalttätig, er tötet einen Menschen.

30. Kapitel

Brief an Laure

Gaby schreibt einen sehr poetischen Brief an Laure, der seine Verzweiflung angesichts des Krieges zeigt.

31. Kapitel

Evakuierung

Prothé wird getötet und Gaby und seine Schwester Ana verlassen Burundi, um nach Frankreich zu gehen. Eine Familie erwartet sie dort und nimmt sie auf.

Epilog

20 Jahre später kehrt Gaby nach Burundi zurück, um die Bücher zu holen, die Mme Economopoulos ihm nach ihrem Tod hinterlassen hat. Er trifft Armand in der Bar »Cabaret« und findet dort auch seine Mutter wieder. Sie ist nun völlig dem Wahnsinn verfallen, da sie ihr Trauma nie überwinden konnte.

vermutlich: présumé, e | **Verzweiflung:** le désespoir | **Wahnsinn:** la folie, l'aberration (*f.*) | **etw. verfallen:** succomber à qc | **überwinden:** surmonter

3. Figuren

Gabriel (Gaby), der Protagonist

Gabriel ist der Sohn einer ruandischen Mutter und eines französischen Vaters. Er verbringt seine Kindheit in einem bürgerlichen Viertel in Bujumbura, einer Provinzhauptstadt in Burundi, in den 1990er Jahren. In seinem behüteten Elternhaus verbringt er die ersten 11 Jahre seines Lebens weitgehend unbekümmert und umhegt von seiner Familie, von Hausangestellten und umgeben von Freunden – lediglich die wachsenden Spannungen zwischen seinen Eltern und die spätere Trennung machen ihm zu schaffen. Gaby spricht nicht Kinyarwanda, die Sprache seiner ruandischen Mutter.

Behütete Kindheit

Zusammen mit seinen Freunden gründet er »la bande des cinq«, eine typische Jungsclique. Die Clique trifft sich, sobald Gabriel aus der Schule kommt. Zum Zeitvertreib klaut er mit seinen Freunden bei den Nachbarn Mangos und verkauft sie, geht mit den Jungs angeln, sammelt Insekten, lebt ein glückliches, unbekümmertes Leben mit keinerlei Auffälligkeiten. Gaby ist feinfühlig, eher ängstlich, jeglicher Gewalt gegenüber sehr ablehnend, weigert sich z. B. die Gruppe zu radikalisieren (S. 152,26 f.). Er unterhält eine Brief-

Gabys Clique

bürgerlich: bourgeois, e | **unbekümmert:** insouciant, e | **umhegen:** entourer de soins (*m. pl.*) | **Kinyarwanda:** le kinyarwanda (Sprache, die in Burundi und in Teilen Ruandas gesprochen wird)

freundschaft mit einer Französin in seinem Alter, Laure, in die er, wie er meint, verliebt ist und der er sich anvertraut.

Konfrontation mit Gewalt

Nach und nach wird auch Gaby mit der Kriegswirklichkeit konfrontiert, die sein Vater zunächst von seinen Kindern fernhalten will. Um dieser schrecklichen Wirklichkeit zu entgehen, liest er viel und wird von seiner Nachbarin, Mme Economopoulos, mit Büchern versorgt. Allerdings wird er in die Kriegswirklichkeit und in die Gewaltspirale mit hineingezogen, wird sogar dazu gebracht zu töten und verliert damit endgültig seine kindliche Unschuld.

Verlust der Heimat

Nach dem Massaker an ihrer Familie kehrt seine Mutter völlig verstört nach Burundi zurück. Gaby verliert den Kontakt zu ihr. Als dann auch das Leben Gabys und seiner Schwester Ana akut in Gefahr ist, müssen die Kinder das Land verlassen. Sie leben bei einer Gastfamilie in der Pariser Banlieue. Gaby versucht, sein Trauma und seine Erinnerungen zu verarbeiten. Er rappt und schreibt.

Rückkehr nach Burundi

Er kann jedoch seine Heimat nicht vergessen, ist hin- und hergerissen zwischen dem Bedürfnis, einerseits die schrecklichen Erlebnisse zurückzudrängen, und andererseits dem Wunsch, dorthin zurückzukehren. Er wird von diesen Gedanken verfolgt und kann der Sehnsucht nach der Heimat schlussendlich

Gewaltspirale: l'engrenage (*f.*) de la violence | **jdn. in etw. hineinziehen:** impliquer qn dans qc | **Gastfamilie:** la famille d'accueil (*m.*) | **hin- und hergerissen sein:** être déchiré, e | **zurückdrängen:** refouler | **verfolgen:** poursuivre, hanter

nicht mehr standhalten. Schließlich kehrt Gaby als Erwachsener, mit 33 Jahren, nach Burundi zurück, um die Bücher, die Mme Econopoulos ihm nach ihrem Tod hinterlassen hat, abzuholen. Dabei kehrt er zurück an die Orte seiner Kindheit und es gelingt ihm sogar, seine Mutter wiederzufinden. Diese hat allerdings den Verstand verloren, erkennt ihn nicht und verwechselt ihn mit Christian, dem im Massaker ermordeten Sohn ihrer Schwester.

Michel, Gabriels Vater

Französischer Auswanderer

Michel ist Franzose. Als junger Mann ist er nach Burundi ausgewandert, um dort sein Glück als Unternehmer zu versuchen. Er heiratet Yvonne, Gabys Mutter, und ist sehr glücklich mit ihr. Er kann allerdings von Anfang an ihr Leid als Verfolgte, ihr Heimweh nach Ruanda nicht nachvollziehen. Er liebt das Leben im subsaharischen Land nicht nur wegen der landschaftlichen Besonderheiten und der Annehmlichkeiten des Klimas, sondern vor allem wegen der privilegierten Stellung, die er als Europäer dort hat. Er lebt mit seiner Familie in einem großen Haus mit Garten und Bediensteten und ist sich bewusst, dass er das in Frankreich nicht haben könnte. Bei allem ist er sehr »französisch« geblieben, liebt z. B. französisches Es-

hinterlassen: léguer | **Leid:** la souffrance | **Heimweh:** le mal de pays | **subsaharisch:** subsaharien, ne | **Annehmlichkeit:** l'avantage (*m.*), la commodité

sen und den französischen Lebensstil mit afrikanischen Annehmlichkeiten.

Kolonialistische Ansichten

Sein großes Rollenvorbild ist Jacques, ein älterer Freund, von dem er einige kolonialistische Ansichten übernimmt (vgl. hierzu insbesondere Kapitel 2 des Romans). Einmal im Monat besucht er ihn. Oftmals streitet er mit seiner Frau Yvonne über Jacques und dessen Ansichten. Yvonne merkt sehr wohl, dass ihr Ehemann nicht frei von kolonialistischem Gedankengut ist. Michel liebt seine Kinder über alles und will, dass sie behütet und fern von politischen und wirtschaftlichen Sorgen aufwachsen. Ein sehr schönes Beispiel hierfür ist, wie er den Kindern im Prolog des Romans den Unterschied zwischen den Hutu und den Tutsi erklärt. Er will viele Dinge, die die Realität im Land betreffen, nicht richtig wahrhaben und will nicht akzeptieren, dass sein sorgloses Leben in Gefahr ist. Erst als es nicht mehr anders geht, schickt er die Kinder nach Frankreich. Michel wird kurze Zeit später getötet.

Yvonne, Gabriels Mutter

Gewalt- und Verlusterfahrung

Yvonne ist Ruanderin, eine Tutsi, die bereits als Kind wegen des gewalttätigen Konflikts zwischen Tutsi und Hutu von Ruanda nach Burundi geflohen ist. Sie

Rollenvorbild: le modèle | **Gedankengut:** l'idéologie (*f.*) | **betreffen:** concerner | **etw. nicht wahrhaben wollen:** ne pas vouloir admettre qc

hat erlebt, dass die Tutsi das Land für die Hutu räumen und verlassen mussten. Damals wurde das belgisch kolonisierte Land Ruanda-Urundi in die beiden Länder Ruanda und Burundi aufgeteilt. Ein Teil von Yvonnes Familie lebt weiterhin in Ruanda. Die frühe Gewalt- und Verlusterfahrung Yvonnes führt dazu, dass sie immer wieder verunsichert ist und das Gefühl hat, abgelehnt zu werden. Von Anfang an hat Yvonne Sehnsucht nach Ruanda.

Sie äußert zudem den Wunsch, mit Michel nach Frankreich auszuwandern. Der Streit darüber und Michels Unverständnis und seine Sorglosigkeit tragen auch ihren Teil zu der zunehmenden Entfremdung zwischen Michel und Yvonne bei. Sie wirft ihrem Mann vor, von einem Gefühl des Exotismus in Bezug auf Burundi beherrscht zu sein, der nur ein Exotismus für Weiße ist (S. 20,6 f.). Die Trennung, die sie initiiert, findet statt, als Gabriel 10 Jahre alt ist.

■ Entfremdung von Michel

Als es 1994 in Ruanda erneut zu Massakern an Tutsi kommt, kehrt Yvonne in ihre Heimat zurück, um ihre Verwandten zu besuchen. Sie findet sie niedergemetzelt in ihrem Haus vor. Die Grausamkeit des Genozids lässt sie verzweifeln. Sie kehrt völlig verstört und

■ Traumatisierung

räumen: évacuer | **Verlust:** la perte | **verunsichert:** déconcerté, e; déstabilisé, e | **ablehnen:** refuser, rejeter | **Sehnsucht:** la nostalgie | **auswandern**: s'expatrier | **Unverständnis:** l'incompréhension (*f.*) | **Entfremdung:** l'aliénation (*f.*) | **Exotismus:** l'exotisme (*m.*) | **initiieren:** initier | **Verwandte(r):** le parent / la parente | **niedermetzeln:** massacrer | **Grausamkeit:** la cruauté | **Genozid:** le génocide

traumatisiert nach Burundi zurück und hat seitdem eine starke psychische Störung. Sie gefährdet dadurch sogar ihre Tochter Ana. Sie zwingt das Mädchen, sich anzuhören, wie ihre Mutter die Toten vorgefunden hat. Yvonne kann nicht ertragen, dass ihre Kinder leben und die ihrer Tante getötet wurden. Sie verletzt Ana mit einem Glasaschenbecher und verlässt daraufhin endgültig das Haus in Bujumbura. Lange Zeit bleibt sie verschollen, niemand weiß, was aus ihr geworden ist, bis sie Gaby bei seiner Rückkehr nach Burundi völlig verwahrlost und nicht im Besitz ihrer geistigen Kräfte, zufällig findet.

Ana, Gabriels Schwester

Ana ist drei Jahre jünger als Gaby, sie ist ein aufgewecktes und sehr eifriges Kind, das wie ihr Bruder eine unbesorgte Kindheit im Haus der Familie in Bujumbura verbringt. Wir erfahren von ihr als Kind nicht viel, außer dass sie eine sehr enge Beziehung zur Mutter hat und deshalb besonders darunter leidet, dass ihre Mutter so unvermittelt von ihrer traumatischen Erfahrung erzählt.

Enge Beziehung zur Mutter

Ana geht als 9-Jährige mit ihrem Bruder nach Frankreich und lebt zunächst in einer Gastfamilie. Bei seiner Rückkehr nach Burundi erzählt Gaby seinem al-

psychische Störung: le dysfonctionnement psychique | **ertragen:** supporter | **verschollen:** disparu, e | **verwahrlost:** délabré, e | **aufgeweckt:** vif, -ve; éveillé, e | **eifrig:** assidu, e | **eng:** étroit, e | **unvermittelt:** soudain, e, subit, e

ten Freund Armand, dass Ana nie wieder nach Burundi zurückgehen möchte, dass sie ein neues Leben in Frankreich gefunden hat und offensichtlich seine Zweifel, seine Sehnsucht nicht empfindet. Bereits im Prolog wird diese Haltung der Schwester vom Erzähler bekräftigt. Außerdem sagt er dort, dass Ana immer wesentlich weit- und klarsichtiger war als er selbst.

In Frankreich angekommen

Yvonnes Familie

Mamie

Als ruandische Geflüchtete lebt Mamie, Yvonnes Mutter, zusammen mit ihrer Mutter Rosalie in Burundi im »Office des cités africaines« (L'OCAF).

Rosalie

Rosalie ist Yvonnes Groß- und Gabys Urgroßmutter. Sie ist gebürtige Ruanderin, spricht kein Französisch und liebt es, Geschichten über das alte Königreich zu erzählen.

klarsichtig: clairvoyant, e | **Geflüchtete(r):** le réfugié / la réfugiée | **Urgroßmutter:** l'arrière-grand-mère | **Königreich:** le royaume

Alphonse

Alphonse ist Yvonnes älterer Bruder, ein sehr erfolgreicher Ingenieur, der an europäischen und amerikanischen Universitäten studiert hat, der Stolz seiner Mutter. Alphonse kämpft als Soldat beim »Front patriotique rwandais« (FPR) und stirbt. Er spielt in der Geschichte keine Rolle.

Eusébie

Enge Beziehung zu Yvonne

Eusébie ist Yvonnes Tante und die beiden sind fast gleichaltrig. Yvonne sieht sie als große Schwester an und versteht sich sehr gut mit ihr. Sie haben viele gemeinsame Erlebnisse, von denen sie immer wieder erzählen. Oft kichern sie nächtelang zusammen. Eusébie ist Witwe und lebt mit ihren vier Kindern in Kigali. Der Erzähler beschreibt seine Großtante ziemlich detailliert, sie ist vom Typ her eher wie Gaby, hat hellere Haut als die anderen Familienmitglieder, ein längliches Gesicht mit breiter Stirn, kleinen Ohren und einem grazilen Nacken (S. 124), einer leichten Spalte zwischen den Vorderzähnen und Sommersprossen. Er erinnert sich auch genau an die Kleidung, die sie beim letzten Besuch von Yvonne,

kichern: pouffer | **hell:** clair, e | **länglich:** oblong, ue | **Nacken:** la nuque | **Spalte zwischen den Vorderzähnen:** avoir les dents (*f. pl.*) de bonheur (*m.*) | **Sommersprossen:** taches (*f.*) de rousseur

Gaby und Ana in Ruanda getragen hat, an den Geruch ihrer Haut nach Sheabutter und an ihr warmes Wesen. Eusébie hat drei Töchter namens Christelle, Christiane, Christine und einen Sohn, Christian. Die Namensgebung zeigt, dass ihr der christliche Glauben sehr wichtig ist. Die drei Töchter verstehen sich sehr gut mit Ana. Ihr Sohn Christian ist mit Gaby fast gleichaltrig. Die beiden sind sehr eng verbunden. Eusébie liebt es, Geschichten aus der Vergangenheit zu erzählen und hat offensichtlich die Gabe, das sehr lebendig, ansprechend und lustig zu tun. Die immer stärker werdende Kriegsgefahr verhindert häufigere Besuche in Ruanda, worunter sowohl Gabys Mutter als auch seine Tante Eusébie sehr leiden. Wie Gabys Eltern versucht auch Eusébie den Krieg und die zunehmende Gewalt von ihren Kindern fernzuhalten. Als sie von Pacifique gewarnt wird, will sie das Land allerdings nicht verlassen, kann es auch nicht, weil sie für die Kinder sorgen muss. Das schreckliche Ende ist, dass sie zusammen mit ihren Kindern in ihrem Haus in Kigali auf scheußlichste Art während der Massaker des Jahres 1994 niedergemetzelt wird.

Grausamer Tod

Geruch: l'odeur (*f.*) | **gleichaltrig:** du même âge | **die Gabe haben:** avoir le don de | **lebendig:** vif, vive | **ansprechend:** charmant, e | **scheußlich:** atroce | **niedermetzeln:** massacrer

Christian

Vorbild für Gaby

Christian ist Eusébies Sohn. Er ist in Gabys Alter, hat fröhliche Augen, ist sehr mitteilsam, liebt Fußball und ist Mannschaftskapitän in seiner Schule. Seine Lieblingsmannschaft ist die von Kamerun. Er hat schon viele Medaillen und Pokale im Fußball gewonnen und dafür bewundert ihn Gaby sehr. Er wird zusammen mit seiner Familie im Jahr 1994 umgebracht. Er spielt für Gaby und auch für Yvonne eine sehr wichtige Rolle. Gaby schreibt ihm nach dessen Tod einen berührenden Brief. Als Gaby 20 Jahre nach dem Genozid nach Burundi zurückkehrt, verwechselt Yvonne ihren Sohn mit dem toten Christian.

Pacifique

Patriot

Yvonnes jüngerer Bruder ist ein sehr intelligenter und gutaussehender Student, der davon träumt, nach Ruanda zurückzukehren, obwohl er in Burundi aufgewachsen ist. Er ist lebenslustig, singt gern, spielt Gitarre, möchte Musiker werden und geht aus patriotischer Überzeugung zum FPR, dem *Front populaire du Ruanda,* einer patriotischen militärischen Gruppe, die die Rückkehr der exilierten Tutsi erzwingen wollte. Er zieht in den Krieg nach Ruanda, wo er Jeanne

mitteilsam: communicatif, -ve | **Mannschaftskapitän:** le capitaine de l'équipe (*f.*) | **Pokal:** la coupe | **berührend:** touchant, e | **verwechseln:** confondre

kennenlernt, die bald schwanger ist. Er ist es, der Eusébie und Yvonne über die Zustände und den sich ankündigenden Genozid aufklärt. Auch wegen der drohenden Gefahr will er seine Hochzeit, zu der Yvonne mit den beiden Kindern nach Ruanda angereist ist, schnell feiern. Danach möchte er seine Frau rasch in Sicherheit bringen. Sein Name Pacifique ist metaphorisch zu verstehen – der Friedvolle, Friedliebende, Friedliche: Pacifique, der immer Kriegshandlungen ablehnte, kämpft allerdings nun für sein Land, möchte aber zugleich seine junge schwangere Frau schützen und in Sicherheit bringen. Das gelingt nicht: Jeanne wird während des Massakers an den Tutsi ermordet.

Tragischer Tod

Auch Pacifique stirbt. Er wird von FPR-Kämpfern, seinen ›eigenen Leuten‹ also, gefangen genommen, vor ein Kriegsgericht gestellt und erschossen, weil er zuvor die mutmaßlichen Mörder seiner Frau getötet hat.

Die Hausangestellten in Bujumbura

Prothé

Treuer Koch

Prothé ist ein Hutu; er ist der Koch im Hause der Familie in Burundi. Er ist sehr pflichtbewusst, geht auch in schwierigen Zeiten jeden Tag zur Arbeit, kümmert

sich ankündigen: s'annoncer | **jdn. in Sicherheit bringen:** mettre qn à l'abri (*m.*), sauver qn | **mutmaßliche(r) Mörder(in):** le meurtrier / la meurtrière présumé, e | **pflichtbewusst sein:** être conscient, e de ses devoirs (*m. pl.*)

sich liebevoll um Ana und Gaby und wird von den Kindern geliebt. Er unterstützt den *Frodebu*, ist zwar verzweifelt aufgrund der sich zuspitzenden Situation, aber er ist sehr fatalistisch und scheint das Schicksal zu akzeptieren. Auch sein Name ist metaphorisch: Proteus, der Meeresgott, der Poseidons Robben hütete und die Gabe des prophetischen Wissens besaß, was ihm aber schwierig zu entlocken war. Prothé wird auch im Krieg getötet.

Donatien

Verlässlicher Vorarbeiter

Donatien ist der Vorarbeiter in Michels Betrieb. Er ist kongolesischer Abstammung, Flüchtling aus Zaïre. Er ist in Bujumbura aufgewachsen und lebt mit seiner Familie (seiner Frau und drei Söhnen) in Kamenge, einem sehr armen Stadtviertel, das während des Bürgerkriegs oft Schauplatz von Angriffen und Kampfhandlungen war. Donatien versteht sich sehr gut mit Gabriel, obwohl er ihm manchmal den Egoismus der Reichen vorwirft, was sich z. B. in der Geschichte um das gestohlene Fahrrad zeigt. Er ist ein sehr überzeugter Christ, liest viel in der Bibel und hält sich an die christlichen Prinzipien.

fatalistisch: fataliste | **Robbe:** le phoque | **verlässlich:** fiable | **Vorarbeiter(in):** le contremaître / la contremaîtresse | **Kampfhandlungen:** les hostilités (*f. pl.*)

Innocent

Innocent ist ein etwa 20-jähriger Burundi, groß, sehr schlank, mit einer Narbe, die sich quer über die Stirn zieht. Er hat immer einen Zahnstocher im Mundwinkel. Er kennt Bujumbura sehr gut und arbeitet deshalb als Chauffeur in Michels Firma. Er hat Beziehungen zu den administrativen Kreisen Bujumburas, was Michel sehr schätzt. Sehr oft ist er überheblich und unhöflich den anderen Bediensteten gegenüber. Er ist Anhänger des Uprona, der nationalistischen Partei, die meist von den Tutsi gewählt wird. Innocents Name ist auch metaphorisch, jedoch in einer stark ironischen Verwendung: »Unschuldig« ist er nämlich keinesfalls, sondern vielmehr brutal und skrupellos. Michel kündigt ihm schließlich, weil er Prothé bedroht. Innocent wird daraufhin Anführer einer militanten militärischen Gruppierung, einer Art Gang, die »Sans-Défaite«, und kämpft gegen burundische Hutu. In seiner Überheblichkeit und Grausamkeit geht er schließlich so weit, dass er auch Kinder aufhetzt, schließlich sogar Gaby dazu bringt, einen Menschen zu töten.

Skrupelloser Chauffeur

Narbe: la cicatrice | **Zahnstocher:** le cure-dent | **Mundwinkel:** le coin de la bouche | **überheblich:** arrogant, e | **skrupellos:** sans scrupule (*f.*) | **jdm. kündigen:** licencier qn | **la défaite:** Niederlage | **aufhetzen:** exciter à la révolte

Jacques

Rassistischer Kolonialist

Jacques ist ein langjähriger Freund Michels, ein Belgier, der extrem rassistisch und misogyn ist. Er profitiert sehr stark von den kolonialen Strukturen und behandelt seine Angestellten paternalistisch und rassistisch. Michel sagt von ihm, dass Jacques ihn in seinem Afrikabild beeinflusst hat. Er bleibt trotz der zunehmenden Gewalt im Kongo. Yvonne hat große Probleme mit ihm. Er nimmt sie nicht ernst, für ihn ist die Frau seines Freundes zum einen als Frau, zum anderen als Schwarze keine Ansprechpartnerin.

Gabriels Freunde

Gino

Gabys bester Freund

Gino ist der älteste Junge der »Bande de l'impasse«. Er ist Gabys bester Freund und Blutsbruder. Er lebt in der besagten Sackgasse mit seinem belgischen Vater, einem Universitätsprofessor. Gino sagt zunächst nicht, was mit seiner Mutter los ist, bis sich herausstellt, dass die Mutter, wie Gabys Mutter Ruanderin, tot ist. Gino kennt sich gut aus in Politik und Geschichte und interessiert sich auch sehr dafür. Es gelingt ihm aber nur begrenzt, Gaby ebenfalls dafür zu interessieren. Ginos Faszination für Gewalt ist groß.

misogyn (frauenfeindlich): misogyne | **paternalistisch:** paternaliste | **Blutsbruder:** le frère de sang (*m.*)

Als der Bürgerkrieg ausbricht, wählt er ohne großes Zögern die Seite der Gewalt.

Die Zwillinge

Die Zwillinge sind die Kinder einer burundischen Mutter und eines französischen Vaters. Sie wohnen in demselben Viertel wie Armand und Gino. Ihre Eltern betreiben einen Videoverleih. Die beiden erzählen viele lustige Geschichten, am eindrücklichsten und mit vielen Details und Ausschmückungen erzählen sie die Geschichte ihrer Beschneidung während eines Weihnachtsferienaufenthaltes bei ihrer Großmutter. Bei Ausbruch des Bürgerkriegs ziehen sie mit ihren Eltern nach Frankreich.

Lebendig und lustig

Armand

Armand ist Sohn eines burundischen Diplomaten, der im Nahen Osten arbeitet, und einer burundischen Mutter, somit der einzige Schwarze der Gruppe. Er wohnt in unmittelbarer Nachbarschaft zu Gabys Familie. Seine Eltern sind sehr streng, vor allem der Vater spielt sich immer als Clown auf im Kreise seiner Freunde, aber zu Hause hat er nicht viel zu sagen (S. 67,22–24). Sein Vater kommt bei einem Attentat

Strenges Elternhaus

Zögern: l'hésitation (*f.*) | **Verleih:** le magasin de location (*f.*) | **Beschneidung:** la circoncision | **der Nahe Osten:** le Proche-Orient | **den Clown spielen**: faire le paillasse

ums Leben. Wie Gabriel will auch er zunächst der Gewalt aus dem Weg gehen und weigert sich, bei gewalttätigen Aktionen mitzumachen. Im Erwachsenenalter wird Armand leitender Bankangestellter.

Francis

Francis ist der einzige Junge aus Gabys Clique, der nicht in der Sackgasse wohnt. Er kommt aus dem Kongo, ist Halbwaise und lebt mit einem alten Onkel zusammen. Er ist ein wenig älter als die anderen und als Person nicht leicht einzuschätzen – er hat eine ambivalente Persönlichkeit. Zu Beginn ist er der schlimmste Feind der Freundesgruppe, versucht gar, Gaby und Gino wegen des Mangodiebstahls auf dem Grundstück seines Onkels zu ertränken. Als klar wird, dass Ginos Mutter wie seine eigene tot ist, freundet er sich zunächst mit ihm und dann mit der ganzen Gruppe an. Er ist sehr stark und arbeitet als erster daran, die Bezeichnung »Gang« statt »Clique« festzusetzen. Er radikalisiert sich schnell und versucht, die Gruppe zu Gewalt anzustiften. Als Erwachsener wird er Priester einer evangelikalen Kirche.

■ Halbwaise

■ Radikalisiert sich

leitender Bankangestellter: employé, e de banque (*f.*) en chef | **Halbwaise:** l'orphelin, e de père / de mère | **ambivalent:** ambivalent, e | **ertränken:** noyer | **zu etw. anstiften:** inciter à qc

Mme Economopoulos

Mme Economopoulos ist eine alte griechische Nachbarin von Gabys Familie. Sie ist alleinstehend, kinderlos und hat mehrere Dackel. Sie ist sehr belesen, freundlich zu den Kindern und initiiert Gabys Lesefreude. Sie empfiehlt ihm viele Bücher, in deren Lektüre sich Gaby, v. a. mit zunehmender Krise, immer wieder flüchtet. Sie vermacht ihm auch ihre Bücher, derentwegen Gaby als Erwachsener wieder nach Burundi zurückkehrt.

Freundliche Nachbarin

Das Ehepaar von Gotzen

Die von Gotzens sind aus Deutschland, der Mann ist ein wenig seltsam, sammelt z. B. Armbrüste. Frau von Gotzen spielt jeden Tag Golf und besitzt einen Vollbluthengst, Attila, der ihr wichtiger ist als alles andere. Als es zu den Unruhen kommt, verzweifelt sie nur, weil Attila weggelaufen ist. Beide von Gotzens sind Rassisten.

Rassisten

Laure

Laure ist Gabys französische Brieffreundin. Sie ist genauso alt wie Gaby, hat blonde lange Haare, Sommersprossen und lebt mit ihrer Familie in Orléans. Ihr Va-

Französische Brieffreundin

Dackel: le teckel | **belesen:** lettré, e | **jdm. etw. vermachen:** léguer qc à qn | **Armbrust:** l'arbalète (*f.*) | **Vollbluthengst:** un (étalon de) pur-sang

ter ist Arzt, ihre Mutter Hausfrau, sie tanzt und singt gern, schaut gern fern und will wie ihr Vater Ärztin werden (S. 46).

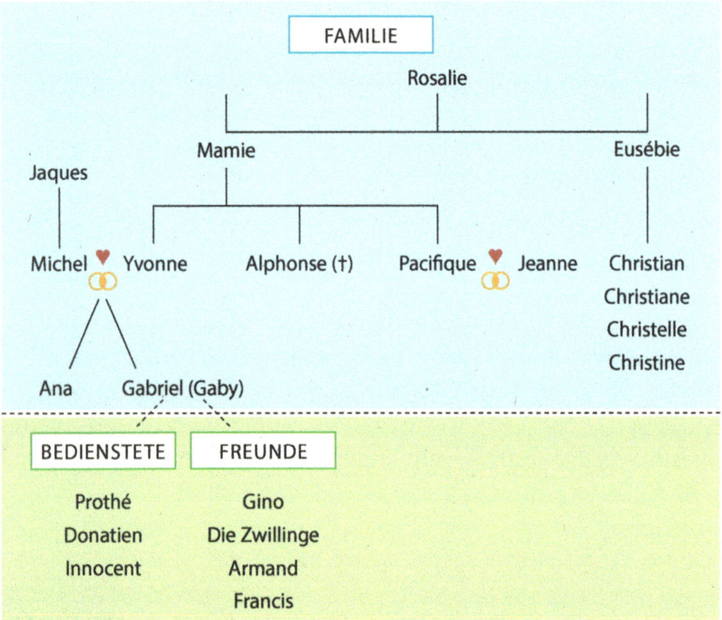

Abb. 1: Gabys Familie, Bedienstete und Freunde

4. Form und literarische Technik

Petit pays ist ein autofiktionaler Roman des franko-burundischen Schriftstellers Gaël Faye.

Die Erzählperspektive

Der Erzähler ist Gabriel, zum einen ein Alter Ego des Autors, zum anderen aber eine fiktionale Figur. Autobiographische und fiktive Elemente mischen sich, es gibt also keine referentielle Einheit zwischen Autor, Erzähler und Hauptfigur. In vielen Interviews äußert sich Faye genau zu diesem Punkt sehr widersprüchlich, z. B. sagt er: »Gabriel et moi partageons effectivement les mêmes origines, la même identité.«, und dann wieder: »Non, ce n'est absolument pas mon histoire.«[1] Der Erzähler ist der 33-jährige Gabriel, der jedoch rückblickend aus der Perspektive des 10-jährigen burundischen Kindes erzählt. Faye wählt diese Perspektive, um den naiven Blick auf Krieg und Zerstörung *möglich* zu machen, um mehr von der Ebene des Kindes auszugehen, das sein Erleben und sein Fühlen zum Ausdruck bringt. Es geht ihm nicht darum, die Hintergründe des Völkermords zu beleuchten, oder darum, Fakten aufzuzeigen oder Tätern oder Opfern des Genozids eine Stimme zu geben.[2] Es geht ihm um die Beschreibung seines verlorenen Kindheitspara-

■ Autofiktion

■ Perspektive eines Kindes

referentielle Einheit: l'unité (*f.*) de référence (*f.*) | **widersprüchlich:** contradictoire | **rückblickend:** après coup

dieses, seines *paradis perdu*. Aber es geht ihm, wie er in vielen Interviews betont hat, auch darum, sein Trauma von Krieg und Gewalt zu verarbeiten. Mit dem Schreiben nähert er sich auf sanftere Weise dem Erlebten an, als dies mit anderen Mitteln möglich gewesen wäre.

Bildungsroman, Entwicklungsroman oder Coming-of-age-Roman?

Bildungsroman

Man könnte *Petit pays* als **Bildungsroman** bezeichnen, insofern als der Roman die geistige, moralische oder emotionale Entwicklung eines Protagonisten von der Jugend bis zum Erwachsenenalter zeigt. Ein Bildungsroman betont allerdings die Bildung und Erziehung des Charakters, oft durch Bildungsinstitutionen, die Schule, die Universität, aber auch durch Erfahrungen in der Welt. Bekannte Beispiele sind Goethes *Wilhelm Meisters Lehrjahre* oder Dickens' *David Copperfield.* In Gaël Fayes *Petit pays* spielt die Schule jedoch eine eher untergeordnete Rolle. Die Erfahrungen und die Entwicklung des Charakters sind eher auf gesellschaftliche und politische Umstände zurückzuführen, weshalb man eher von einem **Entwicklungsroman** sprechen könnte. Bei einem Entwicklungsroman ist der Fokus nämlich breiter und kann auch andere Aspekte des Lebens abdecken, wie etwa

Entwicklungsroman

Bildungsroman: le roman d'apprentissage (*m.*) | **Entwicklungsroman**: le roman initiatique

persönliche Beziehungen, soziale und politische Umstände oder die Suche nach einem Platz in der Gesellschaft. Ein bekanntes Beispiel ist Dostojewskis *Verbrechen und Strafe*.

Coming-of-Age-Roman

Am ehesten kann man für *Petit pays* den **Coming-of-Age-Roman** als Genre annehmen. Das ist eine literarische Gattung, die sich auf eine Geschichte konzentriert, in der ein junger Protagonist oder eine junge Protagonistin die Reise vom Jugendlichen zum Erwachsenen durchlebt und die Herausforderungen, Konflikte und Entwicklungen, die mit dem Übergang von der Jugend- zur Erwachsenenwelt einhergehen, thematisieren. Typischerweise stehen Fragen der Identität, der Selbstfindung, des persönlichen Wachstums und des Verlusts der Unschuld im Mittelpunkt – Fragen, die von zentraler Bedeutung in *Petit pays* sind. Der Hauptunterschied liegt in der Betonung und dem Umfang der dargestellten Entwicklung des Protagonisten. Während sich Coming-of-Age-Romane speziell auf den Übergang von der Jugend zum Erwachsenenalter konzentrieren, können Bildungs- und Entwicklungsromane breitere Lebenserfahrungen und Entwicklungen abdecken.

Übergang: la transition | **Selbstfindung:** la quête de soi

Die Struktur des Romans

Prolog und Epilog bilden eine Art Klammer um den in 31 Kapiteln erzählten Roman, was ihn strukturell in die Nähe einer Novelle rückt. Die »unerhörte Begebenheit« wäre dann der Ausbruch des Bürgerkrieges. Auch die vielen Geschehnisse, die bereits vorher darauf hindeuten, dass es ein Ereignis gibt, das alles verändert, rücken den Roman die Nähe der Novelle. Wendepunkt nach der Novellendefinition wäre der Genozid. Gabriel muss fliehen und das Land seiner Kindheit verlassen. Aus diesem Ereignis ergeben sich alle weiteren Begebenheiten in Gabriels Leben: die Flucht, das Leben in Frankreich, das Hin- und Hergerissensein zwischen seiner subsaharischen Heimat und dem Land, das ihn aufgenommen hat, die enormen sozialen Unterschiede zwischen seinem Umfeld in Burundi und der französischen Banlieue, sein Heimweh und der Wunsch zurückzukehren, der jedoch nicht eindeutig ist und immer mit der Angst verbunden, dort nichts mehr vorzufinden von dem, was Gabriel kannte und liebte.

■ Genozid als Wendepunkt

Klammer: la parenthèse | **unerhörte Begebenheit:** (Novellendefinition von Goethe): etwa: événement inattendu, imprévu, décisif | **(Kriegs-)Ausbruch:** le déclenchement | **auf etw. hindeuten:** indiquer qc | **Wendepunkt:** le point tournant | **Hin- und Hergerissensein:** le déchirement (entre) | **Heimweh:** le mal de pays | **mit etw. verbunden sein:** être lié, e à qc

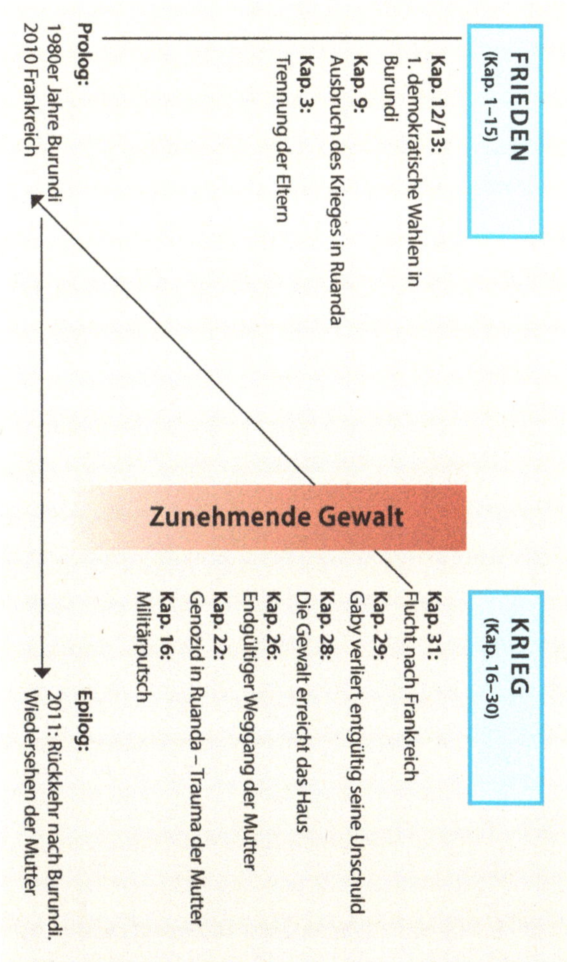

Abb. 2: Struktur des Romans

5. Quellen und Kontexte

Der Genozid in Ruanda

Wann? 6. April bis 4. Juli 1994, 100 Tage.

Warum? Angebliche Spannungen zwischen den Volksgruppen der Hutu und der Tutsi in Ruanda.

Wer? Die beiden Ethnien Hutu und Tutsi waren ursprünglich keine verfeindeten Gruppen, vielmehr unterschieden sie sich durch ihre beruflichen Aktivitäten. Die Hutu waren Landwirte, die Tutsi Viehzüchter. Die Volksgruppe der Twa, die älteste dort ansässige Bevölkerungsgruppe, lebte wiederum vom Kunsthandwerk. Sie sprachen dieselbe Sprache, konnten untereinander heiraten, wenn ein Hutu Vieh kaufte, wurde er Tutsi und umgekehrt. Die verschiedenen Volksgruppen koexistierten friedlich – bis zur Kolonisierung. Die Kolonialherren meinten physische Unterschiede zwischen Hutu und Tutsi zu erkennen und schrieben diese fest: Die Hutu seien kleiner und stärker mit

Spannung: la tension | **verfeindete Gruppe:** le groupe ennemi | **Landwirt(in):** l'agriculteur / l'agricultrice | **Viehzüchter(in):** l'éleveur / l'éleveuse de bétail | **Kunsthandwerk:** l'artisanat (*m.*) | **etw. festschreiben:** fixer qc

groben Gesichtszügen, die Tutsi größer, dünner, mit feinen Gesichtszügen. Diese Zuschreibung wird in *Petit pays* vom Vater Michel *ad absurdum* geführt, als er versucht, den Kindern den Unterschied zwischen den beiden Ethnien zu erklären. (S. 9, 4–26)[3]

Auslöser: Der Abschuss eines französischen Flugzeugs mit dem ruandischen Präsidenten Juvénal Habyarimana und dem burundischen Präsidenten Cyprien Ntaryamira am 6. April 1994 – beide gehörten der Volksgruppe der Hutu an.

Täter: Hutu-Extremisten und Milizen, unterstützt von Teilen der ruandischen Regierung und dem Militär.

Historische Gründe: Ruanda wurde am Anfang des 19. Jahrhunderts zunächst von den Deutschen, dann von den Belgiern kolonisiert. Die Kolonialherren entschieden, die unterschiedlichen Ethnien zu hierarchisieren. Die minoritären Tutsi wurden als den Hutu und den Twa überlegen klassifiziert und hatten deshalb Zugang zu Bildung und zu den verantwortungsvolleren Posten.

grob: large, grossier, -ère | **Gesichtszüge:** les traits (*m. pl.*) **Zuschreibung:** la classification, l'attribution (*f.*) | **etw. *ad absurdum* führen:** pousser qc jusqu'à l'absurde (*m.*) | **Abschuss:** la destruction, l'abattage (*m.*)

1914–18: Im Ersten Weltkrieg wurde das Land von belgischen Truppen besetzt und dem Mandatsgebiet Ruanda-Urundi zugesprochen.

1922: Ruanda und Burundi wurden durch den Völkerbund offiziell unter belgische Kolonialherrschaft gestellt.

1931: Die Belgier erließen per Gesetz, dass die Ethnie auf dem Personalausweis stehen sollte, was die Rassendiskriminierung intensivierte.

1959: Tod des letzten Tutsi-Königs Mutara Rudahigwa aus ungeklärten Gründen. Aufstände von Hutu-Bauern provozierten die Flucht Hunderttausender Tutsi.

1961: Hutu-Parteien gewinnen die ersten Parlamentswahlen.

1962: Ruanda ruft seine Unabhängigkeit aus. Die Hutu übernehmen die Macht und die Tutsi-Elite hat mit einem Mal keine Rechte mehr. Die Spannungen werden größer. Tausende Tutsi werden umgebracht und sehr viele fliehen, um den Massakern zu entkommen.

1973: Militärputsch von Juvénal Habyarimana.

1978: Wahl des Präsidenten Habyarimana.

Personalausweis: la carte d'identité (*f.*) | **Parlamentswahl:** l'élection parlementaire (*f.*) | **die Macht übernehmen:** prendre le pouvoir | **Militärputsch:** le coup d'État (*m.*)

1990: Ein Bürgerkrieg bricht aus. Erste militärische Erfolge des FPR (Front patriotique rwandais), eine Partei der Tutsi.

1993: Friedensabkommen von Arusha zwischen der ruandischen Hutu-Regierung und dem FPR.

6. 4. 1994: Nach dem Flugzeugabschuss und Tod des Staatspräsidenten Juvénal Habyarimana und seines burundischen Amtskollegen Cyprien Ntaryamira sowie des Armeechefs Déogratias Nsabimana hatten die Hutu-Milizen ihre Rechtfertigung für das Abschlachten der Tutsi und der die Tutsi unterstützenden Hutu. Bereits am 7. April begannen die Angriffe auf Demokraten, darunter die Hutu-Premierministerin Agathe Uwilingiyimana. Die ultranationalen paramilitärischen Truppen Interahamwe, eine Hutu-Vereinigung, drangen sofort ins Landesinnere vor und nahmen einzelne Stadtviertel der Hauptstadt ein. Das war der Beginn des Genozids.

4. 7. 1994: Kigali wird vom FPR eingenommen.

15. 7. 1994: Zunächst flüchten 500 000 Hutu in den Kongo, 1,5 Mio. folgen ihnen und siedeln

Abschlachten: le massacre, la tuerie | **Interahamwe:** Name der extremistischen Hutu-Milizen, die von der ruandischen und zum Teil von der französischen Armee ausgebildet worden waren und für den Völkermord verantwortlich waren.

sich in den Flüchtlingslagern im Osten Kongos an.

3.10.1994: Der UN-Sicherheitsrat billigt einen Bericht, der die Massaker an den Tutsi, die in Ruanda von der ehemaligen Hutu-Regierung begangen wurde, als Genozid bezeichnet.

November 1996: Invasion des Ostkongo durch FPR-Truppen, die eine massive Rückkehr von Hutu-Flüchtlingen nach Ruanda auslöst.

Opfer: Man schätzt die Opferzahlen zwischen 800 000 und einer Million Menschen. Hauptsächlich Tutsi, aber auch moderate Hutu und andere Minderheiten sind betroffen.

Vorbereitung des Genozids: Zunächst wurde der Genozid mit Hilfe der Medien als regelrechte Hetzkampagne vorbereitet, die Menschen wurden zum Morden aufgefordert. Es gab ein Radio, das als ›Hate-Radio‹ bekannt wurde, das *Radio des Mille collines*, das mit populärer Musik und attraktiven Klängen die Bevölkerung aufforderte, ihre Macheten zu nehmen und die Tutsi zu ermorden.[4]

Flüchtlingslager: le camp de réfugiés (*m. pl.*) | **UN-Sicherheitsrat:** le Conseil de sécurité (*f.*) de l'ONU | **etw. auslösen:** déclencher qc | **Hetzkampagne:** la campagne de dénigrement (*m.*)

Tötungsmethoden: Massenerschießungen, Machetenangriffe, Vergewaltigungen und Zwangsarbeit.[5]

Internationale Reaktionen: Die internationale Gemeinschaft wurde kritisiert, weil sie den Völkermord nicht verhinderte oder stoppte. Die UN-Friedenstruppe vor Ort, UNAMIR (United Nations Assistance Mission for Rwanda), war unterbesetzt und unzureichend ausgerüstet.[6]

Tribunal: Das Internationale Strafgericht für Ruanda (ICTR) wurde eingerichtet, um Kriegsverbrecher zu verfolgen.

Gegenwart: Ruanda hat sich seitdem um nationale Versöhnung und Wiederaufbau bemüht. Ruanda arbeitet daran, nicht nur mit dem Genozid in Verbindung gebracht zu werden. Es will ein modernes, attraktives afrikanisches Land mit Tourismus sein und nicht nur mit dem Horror des Völkermords verbunden werden.[7]

Massenerschießung: le tir de masse (*f.*) | **Machetenangriff:** l'attaque (*f.*) à la machette | **Vergewaltigung:** le viol | **Zwangsarbeit:** le travail forcé | **Friedenstruppe:** la troupe de maintien (*m.*) de la paix | **unterbesetzt:** en sous-effectif | **Internationales Strafgericht:** le tribunal pénal international | **Kriegsverbrecher(in):** le criminel / la criminelle de guerre (*f.*) | **Versöhnung:** la réconciliation | **Wiederaufbau:** la reconstruction

Erinnerungskultur: Die Gedenkstätte »Kigali Genocide Memorial« wurde errichtet, um an die Opfer zu erinnern.[8]

Zeugen des Genozids

Jean Hatzfeld: *Dans le nu de la vie* (2000)

»Un génocide n'est pas une guerre particulièrement meurtrière et cruelle. C'est un projet d'extermination. Au lendemain d'une guerre, les survivants civils éprouvent un fort besoin de témoigner; au lendemain d'un génocide, au contraire, les survivants aspirent étrangement au silence.«[9]

■ Befragung Überlebender

Der Genozid in Ruanda wurde zunächst nicht thematisiert und der Journalist und Schriftsteller Jean Hatzfeld, gebürtiger Madegasse, ist dem nachgegangen. Er befragte Überlebende in der Commune de Nyamata, wo von 59 000 Tutsi in den 100 Tagen des Völkermords 50 000 getötet wurden. Er veröffentlichte sechs Jahre nach dem Grauen des Massakers in seinem Buch *Dans le nu de la vie. Récits des marais rwandais* Stimmen derer, die es überlebt haben. Die Zeugenberichte wurden in drei Sprachen wiedergegeben: Kinyarwanda, ruandisches und französisches Französisch. Jean Hatzfeld befragte Kinder, die als einzige Überlebende

Gedenkstätte: le lieu commémoratif | **Überlebende(r):** le survivant / la survivante

großer Familien übrigblieben, Jugendliche, Erwachsene, die zwar dem Morden entkamen, aber den Schockzustand nur zum Teil überwinden konnten. Alle berichten über den Verlust ihrer Familien, über die Ermordungen, die sie zum Teil mit ansehen mussten, über ihre Fluchtversuche, die nur in sehr wenigen Fällen und nur für einzelne zum Überleben führten.

Die Szene, als die Mutter erzählt, wie sie im Haus ihrer Tante in Ruanda die Leichen ihrer Verwandten findet, ist schon schwer zu ertragen, aber hier passiert alles im Kopf der Leserinnen und Leser. Die Berichte von Hatzfeld beschreiben die Realität. Hier ist kein Platz für Interpretationsspielraum und sie sind somit extrem schwer ertragbar.

> »Papa était un petit enseignant, maman une cultivatrice. Dans ma famille paternelle, c'est moi seul qui suis resté en vie. Dans ma famille maternelle, c'est bien moi seul aussi qui suis resté en vie. Je ne me souviens plus combien de grands et de petits frères et sœurs j'avais parce que ma mémoire est trop préoccupée par ce grand nombre de morts. Elle n'est plus agile avec des chiffres. Ça me ralentit d'ailleurs à l'école. Mais je peux revivre en transparence les massacres à l'église et la férocité des *interahamwe*. On appelle *interahamwe* les tueurs hutu.«[10]

etw. überwinden: surmonter qc | **Ermordung:** le meurtre | **Fluchtversuch:** la tentative d'évasion (*f.*)

Der 12-jährige Erzähler wird deutlich:

> »Le jour où la tuerie a commencé à Nyamata, dans la rue du grand marché, nous avons couru jusqu'à l'église de la paroisse. Une grande foule s'était déjà assemblée car c'est dans la coutume rwandaise de se réfugier dans les maisons de Dieu quand commencent les massacres. Le temps nous a laissé deux jours de tranquillité, puis les militaires et les policiers communaux sont venus faire une ronde de surveillance autour de l'Église, ils criaient qu'on allait bien tous être tués. Moi, je me souviens qu'on hésitait à respirer et à parler. *Les interahamwe* sont arrivés en chantant avant midi, ils ont jeté des grenades, ils ont arraché les grilles, puis ils se sont précipités dans l'église et ils ont commencé à découper les gens avec des machettes et des lances. Ils portaient des feuilles de manioc dans les cheveux et ils criaient de toutes leurs forces. Ils riaient à gorge chaude. Ils cognaient à bout de bras, ils coupaient sans choisir personne.«[11]

Jean Hatzfeld: *Une saison de machettes* (2003)

■ Befragung von Tätern

Fünf Jahre später interviewte Hatzfeld für seine Reportage *Une saison de machettes* Täter in Ruanda. Er spricht in einem Gefängnis in Ruanda mit Hutu-Tätern, Mördern, die überhaupt kein Unrechtsbewusstsein haben für die Taten, die sie verbüßen: »Ils s'expriment ici

Unrechtsbewusstsein: la conscience de l'illicéité (*f.*)

sans souci d'atténuer leur responsabilité. Jamais aucun ›génocidaire‹ du siècle n'a témoigné de cette façon.« (Klappentext). Die Mörder sprechen über ihre »Arbeit«, womit das Töten gemeint ist, wie über einen völlig alltäglichen Job. Unter der Überschrift »l'Organisation« steht eine Aussage eines gewissen *Pancrace*:

> »Pendant cette saison des tueries, on se levait plus tôt que d'ordinaire, pour manger copieusement la viande; et on montait sur le terrain de football vers 9 heures ou 10 heures. Les chefs rouspétaient contre les retardataires et on s'en allait en attaque. La règle numéro un, c'était de tuer. La règle numéro 2, il n'y en avait pas. C'était une organisation sans complications.«[12]

Jean Hatzfeld kommentiert die Aussagen nicht, fügt aber grundsätzliche Überlegungen über Genozide ein. Er vergleicht den Holocaust mit dem Genozid in Ruanda, beleuchtet die Hintergründe und stellt erstaunlich viele Ähnlichkeiten fest.

> »En Allemagne comme au Rwanda, le génocide fut le projet d'un régime totalitaire, durablement au pouvoir. L'élimination du Juif, du Tzigane et du Tutsi est évoquée dans leur programme politique dès leur accession au pouvoir et répétée dans les discours officiels. Le génocide est planifié par étapes cumulatives. Il bénéficie d'une incrédulité des pays étrangers. Il est testé pendant de courtes périodes sur des échantillons de population.«[13]

Abb. 3: Politische Karte von Ruanda und Burundi, 1999. – Mapsland

Das heutige Ruanda – 30 Jahre nach dem Genozid

Oberfläche:	26 338 km²
Höchste Erhebung:	der Vulkan Karisimbi, 4507 m
Einwohnerzahl:	14,09 Mio.
Landessprachen:	Kinyarwanda, Englisch, Französisch und Suaheli.
Religionen:	Über 90 % sind mittlerweile Christen, davon ungefähr 50 % Katholiken und 43 % Protestanten. Die Zahl der Muslime wird zwischen 1,5 und 14 % angegeben.
Hauptstadt:	Kigali
Weitere Städte:	Butare, Ruhengeri, Gisenyi, Nyanza, Cyangugu, Byumba.[14]

Es ist Gaël Faye, der seit 2015 mit seiner Familie meistens in Ruanda lebt, sehr wichtig, dass dieses Land nicht nur mit dem Genozid gleichgesetzt wird. Es ist seit 2019 zu einem Land mit vielen besonderen touristischen Reizen geworden.[15] Ruanda, das Land der 1000 Hügel, ist wegen des tropischen Klimas, der Nationalparks, des gut ausgebauten Verkehrsnetzes, der vielen Hotels, der landschaftlichen Attraktionen und der grandiosen Tierwelt, ein Land mit sehr hochwertigem Tourismus, ja teilweise auch Luxustourismus

Touristisches Ziel

Reiz: l'atout (*m.*) | **Land der 1000 Hügel:** le pays des mille collines (*f. pl.*) | **Verkehrsnetz:** l'infrastructure routière | **hochwertiger Tourismus:** le tourisme haut de gamme (*f.*)

geworden. Das Land legt sehr viel Wert auf umweltverträglichen Tourismus – weshalb es zwar möglich, aber sehr teuer ist, z. B. Gorillas in freier Natur zu sehen. Kigali ist eine moderne Großstadt mit trendigen Bars, Museen, Kinos etc. geworden, am Kivu-See gibt es alle Möglichkeiten für Wassersport und Badeurlaub. Ruanda versucht einerseits die Erinnerungskultur an den Völkermord zu pflegen mit dem großen Dokumentationszentrum in Kigali[16], anderseits aber ein modernes, auch für wirtschaftliche Investitionen interessantes Land zu sein.

umweltverträglich: respectueux, e de l'environnement (*m.*) | **trendig:** tendance | **Wassersport:** le sport aquatique

6. Interpretationsansätze

Der Prolog

Der Prolog besteht aus zwei Teilen: **Der erste Teil** beginnt mit einem Zweifel (»Je ne sais vraiment pas comment cette histoire a commencé.«, S. 9,2) und erzählt die Geschichte des Unterschieds zwischen den Gruppen der Tutsi und Hutu. Die naiven Nachfragen des 10-jährigen Gaby und die Erklärungsversuche seines Vaters führen die Absurdität dieser ethnischen Zuordnung vor Augen. Der Vater, der der Auffassung ist, dass man Kinder aus der Politik heraushalten sollte, gibt als Erklärung, dass die beiden unterschiedlichen Gruppen nicht die gleichen Nasen hätten. Die Kinder finden jedoch aus ihrer direkten Umgebung viele Beispiele, die die Erklärung *ad absurdum* führen. Hutu und Tutsi haben dieselbe Sprache, dasselbe Territorium, glauben an denselben Gott. Bei den Versuchen, die Klassenkameraden den beiden Ethnien zuzuordnen, stoßen die beiden Geschwister immer wieder auf Ungereimtheiten und Widersprüche. Der erste Teil des Prologs endet somit auch mit einem Zweifel: dem Zweifel an der vom Vater erzählten Geschichte der ethnischen Zuordnung.

Hutu vs. Tutsi

Der zweite Teil des Prologs ist kursiv gedruckt und aus der Perspektive des erwachsenen und in

jdn. aus etw. heraushalten: laisser qn en dehors de qc | **zuordnen:** classer | **Ungereimtheit:** l'incohérence (*f.*) | **kursiv:** en italique

Frankreich lebenden Gaby erzählt. Hier erfahren die Leserinnen und Leser, dass Gabriel 33 Jahre alt ist und seit 20 Jahren in Frankreich lebt, dass er in Saint-Quentin-en-Yvelines in einem Appartement lebt, hier arbeitet, wenig Kontakt mit seinen Nachbarinnen und Nachbarn hat, dass er überhaupt wenig Kontakt hat und sich immer ein wenig fehl am Platz fühlt. Um seine Situation zu verdeutlichen, entwirft er gegensätzliche Bilder, die auf der französischen Seite Kälte und auf der burundischen Wärme ausdrücken. Er sucht Kontakt über das Internet, mystifiziert seine Herkunft, um attraktiv zu sein, was allerdings nicht lange anhält. Auch in diesem Teil des Prologs dominieren die Zweifel. Gaby, der in all der Zeit in Frankreich niemals mit seinem Land, mit seiner Geschichte, mit seinem Schmerz abgeschlossen hat, spielt mit dem Gedanken, nach Burundi zurückzugehen. Zunächst lässt er sich von seiner Schwester überzeugen, in Frankreich zu bleiben.

■ Heimatlosigkeit

Der Erzähler definiert hier auch die Begriffe »Heimat« und »Herkunftsland«, spricht von seiner Entwurzelung, von der Tatsache, dass Frankreich niemals für ihn zur Heimat werden konnte. Er sieht einen unüberwindlichen Gegensatz zwischen Burundi, dem paradiesischen Land im subsaharischen Afrika, dem Land seiner Kindheit, und seinem kalten, unpersönlichen neuen Aufenthaltsort, St.-Quentin-en-Yve-

■ Burundi vs. Frankreich

sich fehl am Platz fühlen: ne pas être à sa place, se sentir comme un intrus | **mystifizieren:** mystifier | **Aufenthaltsort:** le lieu de séjour (*m.*)

lines, einer Banlieuestadt, die er vergleicht mit »einem Leben ohne Vergangenheit«. Hier bestimmt die Frage, wo er herkommt (»De quelle origine es-tu?«, S. 12,1), seine Bekanntschaften und zeigt das Bedürfnis seiner Umwelt, einheitliche und eindeutige Zuschreibungen machen zu können. Obwohl Gaby zu diesem Zeitpunkt schon mehr als doppelt so lang in Frankreich wie in Ruanda gelebt hat, fühlt er sich nicht zugehörig. Im Prolog erfahren wir nichts von seinen Eltern. Für Ana, seine Schwester, scheint es eindeutiger zu sein, wo sie hingehört. Für sie ist Burundi ein »verfluchtes Land« (un »pays maudit«, S. 11,6), in das sie niemals zurückkehren möchte. Sie hat den Weg gewählt, sich durch ihre Flucht nach Europa von der Vergangenheit und den Kriegsschrecken zu erholen. Sie will niemals zurückkehren, weil sie Angst hat, dort nur Tod und Zerstörung vorzufinden. Gaby ist hin- und hergerissen zwischen einerseits sehr leicht zu evozierenden Erinnerungen an seine Kindheit, die in der Erinnerung paradiesisch erscheint und dem Bedürfnis, sie wiederzufinden, und andererseits der Angst vor den Schrecken des Genozids.

Aktuelle Fluchtbewegungen

Der Erzähler zieht auch eine Verbindung zu den Fluchtbewegungen der jüngeren Zeit. Die Flüchtlingsströme, von denen er spricht, sind die des Jahres 2015

doppelt so lang: deux fois plus long | **sich erholen:** se remettre | **leicht zu evozieren:** facile à évoquer | **Fluchtbewegung:** le mouvement d'exode (*m.*) | **Flüchtlingsstrom:** le flux de réfugiés (*m. pl.*)

während des Syrienkrieges. Es könnten aber auch genausogut die von heute sein – aus der Ukraine, aus dem Gazastreifen. Der Erzähler spricht von der Melancholie, die ihn vor allem an seinem Geburtstag ergreift, ein Tag, an dem er die besondere Sehnsucht nach seinen Eltern, nach seinen Freunden, nach seiner Kindheit verspürt. Man erfährt also im Prolog die wichtigsten Themen des Romans, erfährt etwas über den Protagonisten, ohne das zunächst einordnen zu können.

Kindheit in Burundi – Kindheit im Paradies

In den 31 dem Prolog folgenden Kapiteln berichtet der Erzähler über das Leben der Familie in Bujumbura in den 1980 Jahren bis zum Genozid im Jahr 1994.

Gaby und seine Schwester Ana wachsen in einem behüteten bürgerlichen Viertel in einem großen Haus mit Terrasse und mit Bediensteten auf. Im sechsten und siebten Kapitel des Romans wird das Elternhaus genauer beschrieben, ein Elternhaus mit Koch, Chauffeur, Gärtner und allen Annehmlichkeiten, die man sich vorstellen kann. Jeden Morgen bereitet Prothé den beiden Kindern das Frühstück zu. Es gibt exotische Vögel und Pflanzen, die Schönheit der Landschaft und die Harmonie werden hervorgehoben, die

Gazastreifen: la bande de Gaza | **behütet:** protégé, e | **Bedienstete(r):** l'employé, e | **Annehmlichkeit:** la commodité | **etw. hervorheben:** mettre l'accent (*m.*) sur qc

Stille im Haus und auf der Terrasse in den Anfangszeiten wird sehr betont. Es ist dieselbe Veranda, auf der die Mutter später nach dem traumatischen Erlebnis vor sich hindämmert. Die gehobene soziale Stellung der Familie wird hier besonders deutlich. Gaby geht auf eine französische Schule, sein Umfeld besteht mehrheitlich aus Kindern, die ein europäisches Elternteil haben. Die Eltern haben vielfältige internationale Beziehungen. Selbst als das ganze Land schon in Angst und Schrecken versinkt, bezeichnet der Erzähler sein Elternhaus noch als »ventre calme« (S. 115,8), einen friedlichen Ort, dem selbst Erdbeben, Krieg und Zerstörung nichts anhaben können. Das Bild des ruhigen, schattigen Ortes umgeben von üppiger Natur wird als Gegenpol zum lauten, heißen und zerstörerischen Draußen gesehen.

■ Gehobene soziale Stellung

Die Trennung der Eltern

Gleich im ersten Kapitel wird die schwierige Beziehung von Gabys Eltern thematisiert. Auch dieses Kapitel beginnt wieder mit einem Zweifel, einer Unsicherheit, denn Gaby weiß nicht genau, was der Grund für ihre Trennung ist, glaubt, dass es von Anfang an ein Problem gab (S. 15,2–4). Aus Sicht des Kindes wird die Schönheit der Mutter, die Faszination des Vaters,

vor sich hindämmern: somnoler | **in etw. versinken:** hier: sombrer dans qc | **Erdbeben:** le tremblement de terre (*f.*) | **üppig:** luxuriant, e | **Gegenpol:** le contre-pôle | **Trennung:** la séparation

Anfängliches Glück

dieses »kleinen Franzosen aus dem Jura« (S. 15,15) mit vielen Ausrufen unterstrichen. Der Erzähler beschreibt das Glück mit den Infinitiven »Aimer. Vivre. Rire. Exister« (S. 15,25), evoziert die Stimmung beim Kennenlernen, imaginiert die laue Sommernacht und die stimmungsvolle Musik, um das große Glück zu unterstreichen. Die Beschreibung der Mutter aus der Sicht des Kindes, die Vorstellung der Jugend und Unbedarftheit von Vater und Mutter zeigen, dass wir es zwar mit einem 33-jährigen Erzähler zu tun haben, der jedoch in die Haut des 10-jährigen Kindes schlüpft. Er stellt sich die Eltern und ihr Glück im Nachhinein vor, versucht sich klarzumachen, was sie aneinander fanden, versucht, die Faszination zu verstehen und das große Glück des Beginns: der Vater, der mehr oder weniger zufällig in Burundi gelandet ist, und die Mutter, die ihn in ihren Bann gezogen hat mit ihrer auffälligen Schönheit (S. 15). Yvonnes einnehmendes Äußeres, ihre Kleidung und ihr Auftreten werden vom Erzähler häufig betont (z. B. S. 29,3–5; 97,8 f.). Auch die angenehme Weichheit ihrer Stimme hebt Gaby hervor (S. 29,25–27).

Der Anfang der Beziehung, das perfekte Glück, kontrastiert sehr stark mit den Andeutungen, die auf

evozieren: évoquer | **lau:** tiède | **Unbedarftheit:** la naïveté | **in die Haut schlüpfen von jdn.:** se glisser dans la peau de qn | **im Nachhinein:** après coup | **jdn. in seinen Bann ziehen:** fasciner qn | **auffällig:** voyant, visible | **Auftreten:** le comportement | **Weichheit:** la douceur

die zunehmenden Probleme hinweisen, auf die Gewalt und den Krieg. Mit Metaphern aus der Natur – dem Kontrast zwischen den süßen Nächten ohne Mücken mit allenfalls sanftem Regen und dem auf das Blechdach donnernden Regen begleitet von Mückenschwärmen (S. 17,1 f.). Im Nachhinein versucht Gaby die Bruchstücke, an die er sich erinnert, zusammenzubringen und sich die Trennung der Eltern zu erklären. Keinesfalls kann man die Trennung allein mit den kulturellen Unterschieden zwischen Mutter und Vater erklären. Es gibt viele weitere Aspekte, die hierzu beigetragen haben. Zunächst einmal führt Gaby die Tatsache, dass seine Eltern den »Haken« in ihrer Beziehung nicht bemerkt haben, darauf zurück, dass beide sehr jung und unerfahren waren (»des adolescents paumés«, S. 16,1) und mit der großen Herausforderung der Realität, der immer schwieriger werdenden Situation, nicht zurechtkamen. Auch ist für Gabriel klar, dass seine Eltern ihre individuellen Träume nicht wirklich miteinander geteilt haben und deshalb die gegenseitigen Erwartungen nicht erfüllen konnten. All diese Überlegungen sind natürlich die eines reflektierten jungen Mannes »im Nachhinein«, gesehen mit den Augen desjenigen, der schon Genozid, Krieg und Vertreibung gesehen hat.

Zunehmende Probleme

auf etw. hinweisen: indiquer qc | **Blechdach:** le toit en tôle (*f.*) | **Bruchstück:** le fragment | **jds. Erwartungen nicht erfüllen:** laisser qn sur sa faim | **Vertreibung:** l'expulsion (*f.*)

Höhepunkt des Konflikts

Als »Anfang vom Ende des Glücks« seiner Eltern bezeichnet der Erzähler den Besuch bei Jacques (vgl. das zweite Kapitel des Romans). An diesem Tag brach der ihrer Beziehung inhärente Konflikt über die Rolle der Weißen auf dem afrikanischen Kontinent auf. Michel, der von seinem Freund Jacques, der eine sehr eigene Sicht der Dinge hat, stark beeinflusst ist, unterhält sich z. B. mit ihm über afrikanische und französische Essgewohnheiten und es wird deutlich, dass beide sehr stark ihre Gewohnheiten als Norm sehen und in paternalistisch-kolonialistischer Weise über die subsaharischen Essgewohnheiten schimpfen. In diesem Gespräch kommt heraus, dass die beiden zwar von allen Annehmlichkeiten Afrikas profitieren möchten, aber im Prinzip keine ihrer Gewohnheiten aufgeben wollen. Diese Haltung kann nur eine Beleidigung für Yvonne sein. Michel jedoch scheint seinen Freund – gerade auch wegen der Haltung zum afrikanischen Kontinent – zu vergöttern. Die vielen kleinen Zeichen der Entfremdung zwischen Vater und Mutter entgehen Gabriel nicht. Er erinnert sich, dass seine Mutter die Hand seines Vaters, die sich ihrem Knie bei einer Autofahrt näherte (S. 29,28–30,2), zurückgewiesen hat. Immer wieder hofft er auf Annäherung, hofft, wie alle Kinder, darauf, dass sich die Eltern wieder

aufbrechen (psych.): refaire surface (*f.*) | **inhärent:** inhérent, e | **paternalistisch:** paternaliste | **eine Gewohnheit aufgeben:** perdre une habitude | **Beleidigung:** l'injure (*f.*) | **jdn. vergöttern:** idôlatrer qn | **Entfremdung:** l'aliénation (*f.*) | **jdm. entgehen:** échapper à qn

vertragen mögen (S. 30,11–17) – umsonst. Die Streitgespräche werden immer heftiger, der Schmerz der Mutter immer größer. Der Auszug der Mutter in einer dieser Streitnächte ist ein großer Einschnitt in dem von Gaby bisher als harmonisch empfundenen Familienleben. Gaby beschreibt mit drastischer und bildreicher Sprache den Streit und die Aussichtslosigkeit einer erneuten Versöhnung – wie ein physischer Schmerz, den die Eltern dem untröstlichen Sohn zufügen, werden die immer lauter und schriller werdenden Stimmen beschrieben (S. 31,10–22). Es folgten drei Monate »kalten Krieges« (S. 94,29) – danach tun sich die beiden zusammen, um Gaby zum Übergang ins Gymnasium zu gratulieren und dieser macht sich neue Hoffnungen (S. 95,1–3) – umsonst.

Das nächste Mal sieht er seine Mutter wieder nach dem Staatsstreich und dem Flugzeugabschuss, dem die Präsidenten von Burundi und Ruanda zum Opfer fallen. Die Eltern machen sich gegenseitig Vorwürfe und die schwierige politische Situation trägt nicht gerade zum gegenseitigen Verständnis bei. Nach Yvonnes Abdriften in den Wahnsinn, das auf die schreck-

Abdriften in den Wahnsinn

sich vertragen: se réconcilier | **Auszug:** le départ, le déménagement | **drastisch:** draconien, ne; radical, e | **Aussichtslosigkeit:** le caractère désespéré | **untröstlich:** inconsolable | **schrill:** strident, e | **Übergang:** le passage | **sich (falsche) Hoffnungen machen:** se faire des illusions (*f. pl.*) | **Staatsstreich:** le coup d'État (*m.*) | **Flugzeugabschuss:** l'abattage (*m.*) d'avion (*m.*) | **zum Opfer fallen:** être victime (*f.*) | **in den Wahnsinn abdriften:** dériver dans la folie

liche Entdeckung der Leichen ihrer Verwandten in ihrer Heimat zurückzuführen ist, gibt es wieder eine Art Annäherung der Eltern, die allerdings nichts mehr mit einer echten Beziehung oder gar mit Liebe zu tun hat. Der Vater kümmert sich manchmal darum, dass sie ein paar Annehmlichkeiten hat und nicht allein im Dunkeln auf der Veranda vor sich hindämmern muss (S. 171,19–26). Als dann Yvonne in ihrem Wahnsinn Ana verletzt, kommt es zum endgültigen Bruch. Yvonne verlässt für immer das Haus in Bujumbura (S. 173,13–16).

Die »Bande de l'impasse«

Gabys Freunde, die vier Jungen aus der »Bande de l'impasse«, wachsen im gleichen Viertel auf, spielen zusammen, stehlen Mangos, um ihr Taschengeld aufzustocken, leben das unbesorgte Leben von Kindern, die sich um nichts kümmern müssen. Es ist die Zeit der Unschuld, der harmlosen Spiele, der großen Freundschaften. Gaby, die beiden Zwillinge, Gino und Armand bilden die Bande der »Kinanira Boyz« – die Namensgebung wird recht ausführlich geschildert (S. 66,2–21). Der Name war Ginos Idee, der die Jungs damit quasi zu den Königen der Straße machen wollte (S. 66,18–21). Diese Freundesgruppe ist für Gaby wie eine Familie, die Jungs sind sehr vertraut miteinander, erzählen sich alles in einem alten Volkswagen

■ Harmlose Spiele

Namensgebung: la dénomination

Kombi, der zu ihrem Treffpunkt wird, wo sie sich gegen die Erwachsenen verbünden (S. 69,17). Der Erzähler thematisiert auch die Langeweile, die v.a. in den Ferien aufkommt, und die Freude beim Wiederanfang nach den langen Sommerferien. Hierbei wird deutlich, dass Gaby und seine Freunde auf eine sehr gute Schule gehen und viele ihrer Mitschülerinnen und Mitschüler die Ferien in Europa oder den USA verbringen (S. 104). Weil die Klassenkameraden mit Markenkleidung zurückkommen, werden bei den Jungs Begehrlichkeiten geweckt.

Zunehmende Gewalt

Die »Bande de l'impasse« spiegelt aber auch die zunehmende Gewalt in der Gesellschaft wider. Die fünf Jungs dehnen ihr »Einsatzgebiet« von der Sackgasse in andere Regionen aus. Bei einem ihrer Beutezüge auf dem Grundstück von Francis' Onkel kommt es zu roher Gewalt. Francis greift die Jungen an und versucht, Gaby und Gino regelrecht zu ertränken (S. 117). Als Gino dann zugibt, dass seine Mutter wie auch die von Francis tot ist, verbrüdern sich die beiden. Francis versöhnt sich schließlich auch mit den anderen Jungs und wird zum Bandenmitglied (S. 137–139). Er stiftet sie zu allerlei Dingen an. Zunächst sind es nur unerlaubte Besuche in einem Schwimmbad, dann drängt er auf die Änderung der Bezeichnung »bande« in

sich gegen jdn. verbünden: s'allier contre qn | **Begehrlichkeiten wecken:** susciter des convoitises (*f. pl*) | **widerspiegeln:** refléter | **Einsatzgebiet:** le domaine d'action (*f.*) | **Beutezug:** la razzia | **Grundstück:** le terrain | **sich versöhnen:** se réconcilier

»gang« (ebd.) – er radikalisiert sich und zwingt die anderen auch zur politischen Stellungnahme. Er besorgt mit Gino Granaten (S. 165), träumt davon, sich eine Kalaschnikow zu kaufen (S. 166) und stiehlt ein Teleskop bei der alten Lehrerin Mme Economopoulos. Nach einem Attentat, dem Armands Vater zum Opfer fällt, versteht auch Gaby, dass es keine Neutralität der Bande geben kann. Der Krieg ist auch in der Sackgasse angekommen (S. 181,26 f.) Nun wird Gaby, der sich immer heraushalten wollte, der neutral bleiben wollte, zum Töten angestiftet. Damit hat nicht nur die »Bande de l'impasse«, sondern v. a. auch Gaby die Unschuld für immer verloren. Die Bande ist ein Abbild der Gesellschaft – ein Mikrokosmos.

■ Bande als Mikrokosmos

Die Gewaltspirale – ein Kind wird zum Mörder

Im Prinzip ist Gewalt und Bedrohung im gesamten Roman präsent – auch wenn Gabys Kindheit in Burundi zunächst als behütet und fern von allem Bösen dargestellt wird, gibt es Anzeichen hierfür. Aufgrund der privilegierten Situation seiner Familie kann Gaby die Auswirkungen der aufkommenden Gewalt allerdings lang ignorieren. Im Gespräch mit Prothé und Donatien wird deutlich, dass die Auswirkungen für

■ Gabys privilegierte Situation

Stellungnahme: la prise de position (*f.*) | **Granate:** la grenade | **Kalaschnikow:** la kalachnikov | **Teleskop:** le téléscope | **sich aus etw. heraushalten:** se tenir en dehors de qc | **Abbild:** le portrait | **Gewaltspirale:** l'engrenage (*f.*) de la violence

die weniger Privilegierten bereits viel früher spürbar und viel unmittelbarer sind. Sie sprechen über den Staatsstreich und über die Gefahr, in der sie sich befinden. Die Tatsache, dass Michel die Kinder von der politischen Situation fernhalten möchte, führt dazu, dass Gaby die Zusammenhänge nicht wirklich versteht und lediglich die Auswirkungen auf sein eigenes Leben sieht.

Die unschuldigen Kinderspiele, das unbesorgte Leben, werden erstmalig durch die Gewalterfahrung, die Folge des Mangodiebstahls in Francis' Garten ist, (Kap. 17) in ein anderes Licht gesetzt. Was als harmloser Jungenstreich beginnt, endet für Gaby und Gino fast im gewaltvoll herbeigeführten Ertrinken. Von Anfang an hat Gaby ein ungutes Gefühl bei dieser Aktion und muss von Gino ermutigt werden mitzumachen (S. 115,23–25) – er hat Angst. Er macht zugleich die Erfahrung der körperlichen Unterlegenheit, muss sich eingestehen, dass er nicht gegen Francis ankämpfen kann, sondern aufgeben und die Gewalt akzeptieren muss. Zum ersten Mal wird dabei seine Angst von Wut abgelöst. Dies ist eine wichtige Erfahrung in seinem Leben und auf dem Weg zum Erwachsensein. Gaby erklärt an dieser Stelle, dass er sich nicht mehr fürchtet vor dem, was ihm passieren könnte (S. 120,27 f.). Nun ist der Krieg auch in sein Leben eingedrungen. Die Andeutungen und die für ihn vorher

Eindringen der Gewalt

unmittelbar: imminent, e | **Zusammenhänge:** le contexte | **körperliche Unterlegenheit:** l'infériorité (*f.*) physique

unklaren Bemerkungen der Hausangestellten, aufgeschnappte Gerüchte, beginnen ihn zu interessieren.

Bei dem Familienbesuch anlässlich der Hochzeit von Pacifique in Ruanda belauscht er hinter der Tür die Erzählungen seines Onkels über die bevorstehenden Massaker gegen die Tutsi. Er versteht, dass es keinen Weg zurück gibt. Er versteht auch, dass es in dieser Situation keine Neutralität geben kann und der Krieg jeden zur Stellungnahme herausfordert. Als er zunächst dennoch versucht, sich aus dem zunehmend radikalen Handeln seiner Clique herauszuhalten, sagt Gino ihm unmissverständlich, dass jeder sich entscheiden und ein Lager wählen müsse (S. 153,23 f.). Gaby sieht das schließlich ein, sagt auch explizit, dass die Geschichte des Landes zu ihm gehöre, er selbst wiederum zur Geschichte gehöre, dass sie in ihm sei (S. 123,12–15). Obwohl auch dazu später von ihm noch gegenteilige Aussagen gemacht werden (S. 152,26 f. oder S. 167,4 f.), ist er von diesem Zeitpunkt an involviert.

Keine Neutralität möglich

Seinen Höhepunkt erreicht dieses Involviertsein in dem Moment, als Gino Gaby mit der Aussage, etwas Schlimmes sei passiert, aus seinem friedlichen Haus herauslockt. Die Gewaltspirale, der Gaby mit der Lektüre der Bücher von Frau Economopoulos entkommen möchte, dreht sich immer weiter. Immer mehr

Gerücht: la rumeur | **es gibt keinen Weg zurück:** il n'y a pas de retour (*m.*) en arrière | **unmissverständlich:** sans équivoque (*f.*) | **ein Lager wählen:** choisir un camp | **involviert:** impliqué, e | **Höhepunkt:** le point culminant

Menschen lassen sich mit in den Wahnsinn reißen, in dem der gesteuerte Konflikt zwischen Tutsi und Hutu kulminiert. Noch immer versucht Michel, die Kinder von der Kriegswirklichkeit fernzuhalten. Er schaut mit Ana Zeichentrickfilme, während Gaby das Haus heimlich verlässt (S. 180,20–23) – schon auf dem Weg beschleichen Gaby Zweifel, er weiß, dass es besser wäre, wieder zurückzukehren. Im alten VW-Kombi sieht er Armand, der völlig verzweifelt und in ohnmächtiger Wut den Tod seines Vaters beklagt. Sein Vater ist in ›ihrer‹ Sackgasse, in ihrem sicheren Hafen also, umgebracht worden. Jetzt werden die nackte Gewalt und der friedvolle Ort zusammen genannt (S. 181,22 f.). Mit dem Mord, so berichtet der Erzähler, sei das letzte Sicherheitsschloss geknackt worden Der Krieg ist in ihr Gebiet, in ihr Leben eingedrungen (S. 181,26 f.).

Verlust jeglicher Sicherheit

Sehr schnell taucht auch der Gedanke an Rache auf, sofort ist für die Clique klar, dass die Schuld bei den Hutu liegen müsse. Wieder wird Gaby quasi gegen seinen Willen von seinen Freunden mitgenommen, das Viertel zu schützen (S. 182,16) – er glaubt, keine Wahl zu haben, auch, weil er so lange versucht hat, sich aus den Konflikten herauszuhalten. Gaby wird nun unmittelbar aufgefordert, den mutmaßlichen Mörder von

es beschleichen ihn Zweifel: le doute s'insinue en lui | **sicherer Hafen:** le havre de paix (*f.*) | **Sicherheitsschloss:** la serrure incrochetable | **knacken:** briser | **gegen seinen Willen:** contre son gré | **mutmaßliche(r) Mörder(in):** le meurtrier / la meurtrière présumé, e

Armands Vater zu töten, und zwar ausgerechnet von Innocent, der der Anführer einer brutalen Bande ist. Innocent zieht alle Register – er will, dass Gaby beweist, dass er dazugehört: Gaby soll ein Feuerzeug in das mit Benzin übergossene Auto des mutmaßlichen Mörders werfen. Innocent erpresst Gaby mit der Drohung, dass er sonst dessen Vater und seiner Schwester etwas antun werde. Gaby wirft das Feuerzeug und der Mann stirbt vor seinen Augen. Er ist zum Täter geworden.

Gaby wird zum Täter

Die Schuldfrage

Gabys Verhalten, der Wurf des Feuerzeugs, zieht natürlich die Schuldfrage nach sich – in diesem Fall ist sie besonders komplex und facettenreich. Gaby, der eigentlich gegen Gewalt ist, der die Radikalisierung der Freunde verurteilt, der sich nicht reinziehen lassen und neutral bleiben wollte, wird zum Täter. Man kann Gaby nicht mit den Kindersoldaten vergleichen, die in diesem schrecklichen Krieg zum Töten angeleitet, ja sozusagen ausgebildet wurden, die zur Gewalt angestiftet und gedrängt wurden. Trotzdem zeigt diese Episode, dass niemand in einem so schrecklichen

alle Register ziehen: employer tous les moyens | **zu etw. dazugehören:** en faire partie | **Feuerzeug**: le briquet | **mit Benzin übergießen:** arroser qc d'essence (*f.*) | **jdn. erpressen:** faire du chantage | **Schuldfrage:** la question des responsabilités (*f. pl.*) | **Kindersoldat:** l'enfant soldat | **jdn. anleiten:** instruire qn

Krieg neutral bleiben kann und dass es für einige Menschen nicht möglich ist, sich dem zu entziehen. Es ist auch besonders perfide von Innocent, Gabys Tat als Beweis dafür einzufordern, dass er auf der richtigen Seite steht – ausgerechnet Gaby, der den Unterschied zwischen Hutu und Tutsi nicht kannte, der mit der Hetze nichts zu tun haben wollte. Ausführlich beschreibt der Erzähler, wie er sich an dem fraglichen Abend mit einem Glas Sauermilch ins Bett verziehen und sich in seine Lektüre flüchten wollte – ein Setting, das jäh von Ginos Kratzen an der Tür unterbrochen wird und dem Ausruf, Gaby müsse unbedingt mitkommen, weil etwas Schlimmes passiert sei (S. 180,11–19). Die Sprache, mit der der Erzähler den Vorgang beschreibt, ist sehr bildreich und metaphorisch. Mehrmals wird die Sackgasse mit dem Personalpronomen bezeichnet: »notre impasse«. Auch bezeichnet er sie als »havre de paix« (S. 181,23). Er vergleicht sich mit einem verschreckten Tier mitten im Waldbrand (»un animal affolé au milieu d'un grand feu de brousse«, S. 181,25 f.). Jetzt ist der Krieg in der Sackgasse angekommen. Gaby kann sich nicht mehr zurückziehen. Er hätte nicht mit Gino mitkommen dürfen, hätte sich in sein Bett verkriechen sollen. Aber es ist zu spät. Gabriel ist zu schwach, sich rauszuhalten. Er lässt sich überreden bzw. verführen. Er

Kontrastreiche Bilder

Hetze: la campagne de dénigrement (*m.*) | **bildreich:** riche en images (*f. pl.*), imagé, e | **sich ins Bett verkriechen:** s'enfermer dans son lit | **jdn. überreden:** persuader qn | **jdn. verführen:** séduire qn

kann der Gewalt nichts mehr entgegensetzen. Der Gegensatz zwischen Unschuld und Schuld durchzieht den zweiten Teil des 29. Kapitels. Gaby will nicht Innocents Befehl zum Töten folgen, er sucht Unterstützung bei seinen Kameraden. Er bekommt sie nicht – sie alle haben ein »Todesgesicht« (»visage de mort«, S. 186,11). Die friedlichen Bilder von seinem Zuhause, vom Vater und der Schwester vor dem Fernseher kontrastieren mit den Bildern von Tod und Bösartigkeit. Es ist die Rede von »verdorbener Reinheit« (»pureté gâchée«, S. 186,25).

Die Rolle der Literatur im Roman

Die Literatur und die Aktivität des Lesens spielen für Gaby eine sehr wichtige Rolle. Je mehr das Land im Chaos und in der Gewalt versinkt, desto wichtiger wird die Lektüre für ihn. Die Person, die Gaby zum Lesen bringt, ist Mme Economopoulos, die alte griechische Nachbarin. Ihr ausführliches Gespräch mit Gaby im 23. Kapitel ist im Hinblick auf die Rolle, die die Literatur und das Lesen für sie spielt, interessant (S. 154–156). Fasziniert von den vielen Büchern, die Gaby bei ihr zuhause sieht, fragt er sie direkt, was Bücher bewirken können. Mme Economopoulos sagt, dass die Entdeckung der Literatur wie ein »coup de

entgegensetzen: opposer | **Schuld:** la culpabilité | **Unterstützung:** le soutien | **Bösartigkeit:** la méchanceté | **bewirken:** avoir un effet

foudre« (S. 154,16) für sie war, dass sie von den Büchern beeinflusst, ja verändert wurde, sie redet auch davon, dass man sich hüten muss vor den Büchern, da sie »schlafende Genies« seien. Am Abend dieses Gesprächs hat Gaby zum ersten Mal ein Leseerlebnis, das ihn prägen wird. Er taucht regelrecht in die Bücher ein. Sehr eindrücklich wird beschrieben, wie dieses Abtauchen bildlich vor sich geht, wie bei der Lektüre (wahrscheinlich *The Old Man and the Sea* von Hemingway) das Bett zum Schiff wird und wie er die Wellen ans Boot schlagen hört (vgl. S. 154 f.). Das buchstäbliche »Eintauchen« unter die Bettdecke und Lesen mit der Taschenlampe zeigen sehr gut den Fluchtcharakter seiner Lektüre. Gaby entdeckt die Literatur und flieht zugleich vor der bedrohlichen Wirklichkeit. So empfindet es auch der Erzähler: Er beschreibt, wie er in verschiedene Rollen schlüpfte, zum Protagonisten wurde und die beschriebenen Abenteuer quasi selbst erlebte. Er beschreibt auch, wie ihm die Literatur erlaubt, alle Grenzen und Begrenzungen hinter sich und die Ängste in den Hintergrund treten zu lassen, ja, sich mit dem Universum in Einklang zu wissen (S. 155,27–156,9). Er spricht vom »Bunker« seiner Vorstellungskraft und bezeichnet die Bücher mit einer Personifizierung als seine »Freunde«,

Literatur als Rückzugsort

sich vor etw. hüten: se méfier de qc | **schlafende Genies:** les génies endormis | **Taschenlampe:** la torche | **mit etw. in Einklang sein:** être à l'unisson (*m.*) avec qc | **Bunker der Vorstellungskraft:** le bunker de l'imaginaire (*m.*)

die ihn trösten und ihm helfen, die Wirklichkeit zu ertragen.

Die Brieffreundschaft mit Laure

Im Roman gibt es an vier Stellen einen Briefwechsel mit der Französin Laure, die in Gabys Alter ist. Diese Brieffreundschaft wurde von den jeweiligen Schulen in Frankreich und Burundi organisiert.

Kluft zwischen Kulturen

Gaby schreibt drei Briefe, Laure einen Brief und eine Postkarte. Dieser Briefwechsel erlaubt es, sowohl etwas über die Kluft zwischen den Kulturen als auch über Gaby, seine Wünsche und Sehnsüchte zu erfahren. Durch den Briefwechsel kann man einen direkten Vergleich der Lebenswelten der beiden Kinder anstellen. Auch zeigen Länge und Inhalte der Briefe sehr deutlich, dass es einen großen Unterschied gibt zwischen dem, was Laure für Gaby bedeutet und umgekehrt.

Der erste Brief von Laure ist ein typischer erster Austauschbrief eines 10-jährigen Kindes, das sich beschreibt und über seine Hobbies redet – Laure ist die typische Tochter aus bürgerlichem Elternhaus mit blonden langen Haaren und Sommersprossen. Sie schickt Gaby Reis, was seltsam ist, wahrscheinlich Ausdruck des verbreiteten Bildes, dass die Kinder in

etw. ertragen: supporter qc | **Briefwechsel:** la correspondance (épistolaire) | **Kluft:** le fossé | **Sehnsucht:** la nostalgie, le désir | **verbreitet:** répandu, e

»Afrika« Hunger leiden. Der Eurozentrismus und die gefühlte Überlegenheit, die sie sozusagen mit der Muttermilch aufgesogen hat, werden hier sehr deutlich. Wie sehr unterscheidet sich Gabys Antwort hiervon: Sie ist regelrecht poetisch, voller Metaphern und Bilder, voller Stilmittel, die weitaus mehr ausdrücken als eine simple Antwort auf die Frage nach seinem Namen und seiner Familie. Die Kluft zwischen den beiden Kindern könnte nicht größer sein. Der Erzähler beginnt den Brief, indem er seinen Namen nennt, Gaby. Zunächst philosophiert er über Namen und Bezeichnungen – Namen des Landes, der Stadt, der Personen, der Pflanzen, um zu erklären, dass er von ihr, Laure, mit seinem Spitznamen Gaby angeredet werden möchte, weil es der Name ist, mit dem ihn alle ansprechen, die er liebt und die ihn lieben. Er spricht von seiner Hautfarbe, sagt, dass die Eltern, die Schwester und die Freunde die Farbe von Milchkaffee haben. (Es ist nicht ganz klar, warum er seinen Vater, der Franzose ist, einschließt. Zumindest sagt er nicht, dass er nicht aus Burundi stammt.) Es schließt sich eine weitere philosophische Bemerkung an: Jeder sieht die Welt durch seine Augen und mit seiner Augenfarbe. Gaby tut dies nicht, um auf seine Augenfarbe ein-

Laures Eurozentrismus

Eurozentrismus: l'eurocentrisme (*m.*) | **Überlegenheit:** la suprématie | **mit der Muttermilch aufsaugen:** apprendre qc dès le berceau | **Stilmittel:** la figure de style (*m.*) | **philosophieren:** philosopher | **Bezeichnung:** la désignation | **Spitzname:** le surnom | **Milchkaffee:** café au lait, hier: lait au café

zugehen, sondern um zu sagen, dass er durch die grünen Augen seiner Brieffreundin wahrscheinlich grün aussehen wird, während er selbst alles in Braun sieht (S. 47). Auch er spricht über seinen Berufswunsch: Er möchte Mechaniker werden, »um niemals im Leben eine Panne zu haben« – auch wieder sehr poetisch und weit entfernt von einem Kinderbrief. Seine Vorlieben und Abneigungen nennt er in einem Zug – alles, was er liebt, beinhaltet auch etwas, was er nicht liebt: Er mag z. B. süßes Speiseeis, aber keine Kälte. Bereits im ersten Brief informiert er Laure darüber, dass es Impfaktionen in seiner Schule gibt und dass Präsidentschaftswahlen stattfinden werden. Sein Brief ist Laures weit überlegen im Hinblick auf den Reflexionsgrad und die Bildhaftigkeit der Sprache. Es ist nicht der typische Brief eines 10-jährigen Kindes und Gaël Faye sagt in einem Interview auch, dass die Briefe für ihn eine Möglichkeit waren, lyrische Elemente in einen prosaischen Brief einfließen zu lassen.[17]

■ Gabys Reflexionsfähigkeit

In einem zweiten Brief informiert Gaby Laure über die Präsidentschaftswahlen in Burundi (S. 90 f.). Die Leserinnen und Leser werden so auf sehr einfache und verständliche Weise über dieses historische Ereignis informiert und die Sicht des 10-jährigen Kindes lässt sich gut nachvollziehen. Gaby schildert seinen

Mechaniker(in): le mécanicien / la mécanicienne | **Vorliebe:** la préférence | **Abneigung:** l'antipathie (*f.*) | **Impfaktion:** l'action (*f.*) de vaccination (*f.*) | **Reflexionsgrad:** le degré / le niveau de réflexion (*f.*) | **Bildhaftigkeit:** le caractère imagé du langage

Kindliche Sicht auf Präsidenten

Blick auf die Wahlen, nennt vom neuen Präsidenten, Melchior Ndadaye, nur den Vornamen, weil er an den biblischen König Melchior aus dem Morgenland von den Heiligen Drei Königen erinnert, sagt auch, woher er seine Einschätzungen und Beobachtungen hat – von den Bediensteten, namentlich von Prothé, dem Koch, und Innocent, dem Chauffeur. Die Beschreibung, dass der Präsident sich gerade hält, die Ellbogen beim Essen nicht auf dem Tisch abstützt, beim Reden nicht unterbricht, erinnert an Benimmregeln, die man Kindern mitgibt. Seine Kleidung, eine unifarbene Krawatte und ein gut gebügeltes Hemd entsprechen dem, was Gaby unter »korrekt gekleidet« versteht. Er teilt auch mit, dass ihm auffällt, dass das Plakat des neuen Präsidenten nun überall im Lande aushängt, und fragt sich, was man wohl mit den Plakaten des vorherigen Präsidenten gemacht hat (S. 91). Für Laure mag es erstaunlich erscheinen, dass es eine Besonderheit ist, dass nun ein Präsident gewählt wurde, der kein Angehöriger des Militärs ist. Sehr kindlich und zugleich sehr wahr ist Gabys Beobachtung, dass die militärischen Machthaber wohl nie wussten, ob sie Krieg oder Frieden machen sollten (S. 91,15 f.). Statt einer Antwort auf diese ernsthaften Fragen schickt Laure eine Ferienpostkarte aus der Vendée mit der Bemerkung, dass sie Gabys Ausführungen über die burundischen Präsidentschaftswahlen »lustig« fand

Heilige Drei Könige: les rois mages | **sich gerade halten:** se tenir droit, e | **Benimmregeln:** les règles (*f.*) de conduite (*f.*) | **bügeln:** repasser | **Plakat:** l'affiche (*f.*) | **kindlich:** enfantin, e

(S. 94,12), was einmal mehr die Kluft zeigt, die zwischen den beiden besteht.

Gaby gibt auf

Im dritten und letzten Brief an Laure drückt Gaby sein Unverständnis angesichts des Krieges aus. Er gibt auf. Der hoffnungsvolle Gedanke, Mechaniker zu werden, um Dinge zu reparieren, wird *ad acta* gelegt. Resigniert stellt Gaby fest, dass es nichts mehr zu reparieren gibt, dass alles zerstört ist. Der Brief ist der poetischste von den dreien, der Rhythmus wird vorgegeben von dem Satz »Des jours et des nuits qu'il neige sur Bujumbura« (S. 188,5, 19, 27; S. 189,5). Er greift hier das Bild vom Schnee auf, der über die Tropen fällt, wenn die Menschen aufhören sich zu bekriegen. Der Erzähler findet für das Bild des weißen, verschneiten Bujumbura viele sehr bildstarke und zum Teil metaphorische Beschreibungen, wechselt von der Darstellung einer tief verschneiten Winterlandschaft zum Bild der weißen (Friedens-)Fahne, streut Bilder von den Toten und deren Grabsteinen ein, von weißen Schmetterlingen und Milch aus Porzellantassen. Der Schnee, der alles bedeckt, der alles zudeckt, wird zum Sinnbild eines friedvollen Paradieses, einer unberührten Landschaft und kontrastiert stark mit den Bildern von Tod, Krieg und Verderben. Der Brief endet mit dem Satz »Bujumbura est immaculée« (S. 189,13 f.).

Die Korrespondenz endet hier.

aufgeben: abandonner tout espoir | **Grabstein:** le tombeau | **Sinnbild:** le symbole | **unberührt:** sauvage | **immaculé, e:** rein, unbefleckt

Der Brief an Christian

Die Briefe an Laure sind nicht die einzigen im Roman. Gaby schreibt einen Brief an seinen toten Cousin Christian – eine für den Erzähler und auch den Autor typische Herangehensweise: die Auseinandersetzung mit dem schrecklichen Schicksal in einem Brief, die Bewältigung eines Traumas durch das Schreiben. In diesem Brief schreibt er an den toten Cousin und Freund, wie sehr er ihn vermisst, vertraut ihm seine Ängste angesichts der politischen Lage und seine intimsten Gedanken an. Im Brief beschreibt er zunächst, dass er alles vorbereitet hat, das Bett gemacht und den Schrank freigeräumt hat. Dann die Feststellung – ein kurzer Satz wie ein Hammerschlag: »Tu ne viendras pas.« (S. 174,8) Darauf folgt dann die Aufzählung der Dinge, die er Christian sagen wollte, die er aber nicht mehr sagen konnte: Zum Beispiel erzählt er von seiner Idee, Laure zu heiraten, obwohl er sie nur durch Briefe kennt – hier wird noch einmal deutlich, wie stark Gaby in Laure alles hineinprojiziert, was ihn umtreibt, denn aufgrund der unbekümmerten Kinderbriefe scheinen diese Überlegungen absurd. Er schreibt auch von seiner Sorge um die Radikalisierung der Freunde und um den Zustand seines Vaters, von

■ Mitteilung intimster Gedanken

Herangehensweise: l'approche (*f.*) | **Auseinandersetzung:** la confrontation | **Bewältigung:** l'assimilation (*f.*) | **Hammerschlag:** le coup de marteau (*m.*) | **Aufzählung:** l'énumération (*f.*) | **etw. in jdn. hineinprojizieren:** projeter qc sur qn | **jdn. umtreiben:** agiter, travailler qn

dem er merkt, dass er mehr und mehr vom Kriegsgeschehen erfasst wird und es nicht mehr gut schafft, seine Kinder abzuschirmen. Er erklärt ihm auch, dass seine Mutter sich von dem Besuch in Ruanda und der schrecklichen Entdeckung der Leichen nie erholt hat – dass sie nie zurückgekommen ist, dass sie ihre Seele in Christians Garten zurückgelassen hat. Er vergleicht ihren Wahnsinn mit dem der Welt. Auch auf Christians große Leidenschaft, den Fußball, spielt er an. Hier erwähnt er zum ersten Mal das Bild vom Schnee in den Tropen – Schnee, der an dem Tag fällt, wenn die Menschen aufhören, sich zu bekriegen, das er dann auch im letzten Brief an Laure aufgreift. Schließlich zählt Gaby alle Menschen auf, die ihm etwas sagen, um mit dem Satz zu enden »Et toi, Christian, tu ne diras plus jamais rien.« (S. 175,15)

Der Epilog – Rückkehr nach 20 Jahren

Der Epilog gibt dem Roman den Abschluss, schließt die Klammer, die im Prolog geöffnet wurde. Äußerlich ist diese Klammer durch Kursivschreibung gekennzeichnet. Der Epilog hat etwa die gleiche Länge wie der Prolog, ist aber im Gegensatz zum Prolog nicht übertitelt. Wie im Prolog geht es auch hier um die Dichotomie von europäischer und subsaharischer

Europäische vs. subsaharische Welt

Kriegsgeschehen: évènements (*m.*) de guerre | **jdn. von etw. abschirmen:** éloigner qn de qc | **Leidenschaft:** la passion | **auf etw. anspielen:** faire allusion à qc | **Dichotomie:** la dichotomie

Welt, vom Zeitsprung in die Kindheit, in die Welt der Erinnerung und dann in die Realität mehr als 30 Jahre später in Paris. Wie auch der Prolog beginnt der Epilog mit dem Personalpronomen *Je* und erzählt vom Leben des Erzählers in Paris. Von Anfang an bestimmen die Parameter, die auch sein Leben in Burundi bestimmt haben, sein Denken. Das Wichtigste ist, dass er in Frankreich in einem Land des Friedens lebt, dass es dort Bibliotheken gibt und dass der Krieg nur als weit entferntes Phänomen wahrgenommen werden kann. Gaby kann jedoch nicht einfach in Frankreich leben und die Zeit in Burundi ausblenden, immer wieder kommen die Erinnerungen an die Kindheit, an seine Heimat.

Aufrufen weiterer Gegensätze

Die Dichotomie zwischen Jetzt und Früher, zwischen Krieg und Frieden, zwischen Kind und Mann, zwischen Frankreich und Burundi ist allgegenwärtig und wird vom Erzähler mit allen Sinnen wahrgenommen, er fühlt, riecht, sieht und schmeckt die Erlebnisse der Kindheit. Er schaut Fotos an und immer wieder steigen die Bilder von der bunten, warmen, hellen Heimat im kalten, grauen und tristen Exil in ihm auf. Immer wieder vergleicht er direkt – er vergleicht den blattlosen Kastanienbaum im Winter mit dem üppigen Mangobaum im Hof seines Elternhauses (S. 192,14 f.).

Parameter: le paramètre | **allgegenwärtig:** omniprésent, e | **Sinn:** le sens | **etw. schmecken:** sentir le goût de qc | **in jdm. aufsteigen:** envahir qn | **Kastanienbaum:** le marronier | **üppig:** luxuriant, e | **Mangobaum:** le manguier

Die Erinnerungen bemächtigen sich seiner. In einem kleinen Holzkästchen unter dem Bett bewahrt er sie auf: Briefe an Laure, Wahlzettel von der Präsidentschaftswahl vor dem Genozid, eine Haarlocke seiner Mutter. Die Rolle, die sein Heimatland für ihn spielt, verdeutlicht am besten das Gedicht von Jacques Roumain, das sich ebenfalls in dem Erinnerungskästchen befindet: man hat seine Heimat in sich (»on l'a dans les yeux, la peau, les mains«, S. 192,26). Er beschreibt seinen Zustand als »Seelenkrankheit« (S. 193,1), als ein Hin- und Herschwimmen zwischen zwei Welten und betont, dass nicht die räumliche Distanz das Schlimme ist, sondern die zeitliche. Gaby hat seine Kindheit verloren, weil er das Land seiner Kindheit verloren hat. Diese sehr poetisch mit vielen Parallelismen und Gegensätzen beschriebene Sehnsucht nach dem Land seiner Kindheit muss den Erzähler zu dem Entschluss führen, wieder dorthin zurückzukehren.

Rückkehr nach Burundi

Im zweiten Teil des Epilogs wird diese Rückkehr beschrieben: Wir befinden uns mit Gaby in der Sackgasse, die stark verändert ist – der erste Eindruck ist, dass die Schatten spendenden Bäume fehlen, dass die einst so geschützte Sackgasse der Sonne gnadenlos ausgesetzt ist und dass sie anonym geworden ist – von den früheren Bewohnern ist nur Armand noch da. Alle anderen hat der Sturm des Krieges in alle Him-

sich jds. bemächtigen: s'emparer de qn | **Wahlzettel:** le bulletin de vote (*m.*) | **Haarlocke:** la boucle de cheveux (*m. pl.*) | **etw. ausgesetzt sein:** être exposé, e à qc

melsrichtungen geweht. Armand bringt das mit Humor auf den Punkt: »À chacun son asile! Politique pour ceux qui partent, psychotique pour ceux qui restent.« (S. 193,21–23) Mit Armand steht Gaby ein früherer Weggefährte gegenüber, der es anders gemacht hat als er, der geblieben ist, der einen soliden Beruf erlernt hat – er ist führender Bankangestellter, wird liebevoll mit einem Zeugma, d. h., einer Stilfigur, bei der ein Verb mehrere gleichgeordnete, aber nicht gleichartige Objekte bezeichnet, beschrieben: »Il a pris du ventre et des responsabilités.«, (S. 193,24 f.). Diese Stilfigur benutzt der Autor mehrmals, z. B. auch bei der Beschreibung des »Cabaret«, der Bar, in die Arnaud den zurückgekehrten Kindheitsfreund mitnimmt, die sich wenig verändert hat, in der die Besucher Gläser und Herzen leeren (»[Ils] vident leurs cœurs et leurs bouteilles.«, S. 194,5). Armand besteht darauf, dass Gaby von seinem und Anas Leben in Frankreich erzählt, was Gaby angesichts der Tatsache, dass er den Krieg nicht miterlebt hat, unangenehm ist – er sagt lediglich, dass seine Schwester nichts mehr von Burundi wissen will. Überhaupt können die Freunde nicht über alles sprechen – zu viele grausame Dinge sind passiert – und beide wissen, dass manche Wunden nie heilen (S. 194,20). Der Besuch im »Cabaret« ist eine Zeitreise in die Vergangenheit – die Zeit scheint dort stehengeblieben zu sein. In der alkoholgeschwänger-

Zeugma: le zeugma | **manche Wunden heilen nie:** certaines blessures ne guérissent jamais

ten, düsteren Stimmung fragt Armand nach dem Grund von Gabys Rückkehr und als dieser angibt, wegen der Bücher, die Mme Econopoulos ihm bei ihrem Ableben vermacht hat, zurückgekommen zu sein, stößt er auf völliges Unverständnis: »Alors tu es revenu pour un tas de livres?« (S. 195,13) – eine Begründung, die auch Gaby plötzlich absurd erscheint. Während sie über die politischen und gesellschaftlichen Ereignisse im Burundi der letzten 20 Jahre sprechen, hört Gaby plötzlich eine Stimme, die ihn erschauern lässt, die sich anhört wie eine Stimme aus dem Jenseits – die Stimme seiner Mutter. Nach 20 Jahren findet er sie, völlig verändert, bis zur Unkenntlichkeit gealtert, doch er nennt sie sofort »Maman«. Er hat seine Mutter wiedergefunden, die ihn allerdings – alkoholkrank und verrückt – mit Christian verwechselt, nach dem sie noch immer sucht. Noch immer spricht sie von den Flecken auf dem Boden, von dem Schock, der ihr nach dem Massaker an der Familie ihrer Cousine den Verstand geraubt hat. Während sie die Worte spricht »C'est toi, Christian?« (S. 196,4) streichelt sie sein Gesicht – sie erkennt etwas in ihm, erkennt aber nicht, dass es ihr Sohn ist, sondern glaubt, dass es Christian sei. Mit diesen Worten der verwirrten Mutter am Ort der Kindheit endet der Roman.

Die Mutter als Geist

düster: sombre | **jdn. erschauern lassen:** faire frissonner qn | **aus dem Jenseits:** d'outre-tombe | **jdm. den Verstand rauben**: faire perdre la raison à qn

Gabys Identität

»Je suis un être humain.« (S. 12,4) Diese Antwort gibt Gaby auf die Frage nach seiner Herkunft. Sie ist besonders interessant, da sie verdeutlicht, dass er sich nicht über seine Herkunft definieren will. Die Frage nach der Herkunft ist eine Frage, die Menschen mit dunklerer Hautfarbe immer wieder gestellt wird, weil die Identitätsfrage eben immer noch sehr oft an der Herkunft festgemacht wird. Auf Schritt und Tritt begleitet Gaby diese Frage. »Ma peau caramel est souvent sommée de montrer patte blanche en déclinant son pedigree.« (S. 12,2–4) Seine karamellfarbene Haut gibt Anlass zu Nachfragen nach der Herkunft. Bereits als Kind hat Gaby abgelehnt, seine Identität an der Hautfarbe festzumachen, sich überhaupt zu definieren: »Quand j'étais haut comme trois mangues, j'avais déjà décidé de ne plus jamais me définir.« (S. 12,6 f.) Gaby ist von klein auf mit der Frage der Zugehörigkeit befasst. Sowohl innerhalb der Familie als auch durch die Hausangestellten ist die Identitätsfrage ständig präsent und wird mit der Zuspitzung der politischen Lage immer präsenter. Wenn Gaby von den Erzählungen der fast hundertjährigen Urgroßmutter Rosalie gelangweilt ist, wenn ihn die Geschichte der Kolonisierung nicht interessiert, ärgert das Pacifique, der ihm mangelndes Bewusstsein über seine Herkunft

Frage nach der Herkunft

dunkel: foncé, e | **Zugehörigkeit:** l'appartenance (*f.*) (à un groupe)

vorwirft (S. 64,3 f.). Yvonne wiederum besteht darauf, dass ihre Kinder »des petits Français« (S. 64,5) sind, die nicht behelligt werden wollen mit der Geschichte Ruandas. Paradoxerweise mockiert sie sich andererseits auch darüber, indem sie sich über den Akzent der Kinder lustig macht, wenn diese versuchen, einige Brocken Kinyarwanda zu sprechen (S. 64,16 f.) Für *mamie*, die Großmutter der Kinder, ist es ein großer Fehler, dass Yvonne ihren Kindern ihre Muttersprache, die Sprache ihres Herkunftslandes Ruanda, nicht beibringt, ist doch die Sprache in ihren Augen das Wichtigste im Hinblick auf die Identität, eine Identität, die man auch im burundischen Exil bewahren kann (S. 64,10–13).

Verweigerung einer Zuordnung

Mit seiner Weigerung, sich zuordnen zu lassen, steht Gaby in der Freundesgruppe allein da. Gino will von ihm eine Festlegung, will, dass er sich zu einer Identität bekennt, dass er sich klar definiert. Er wirft ihm z. B. vor, nicht die Landessprache zu sprechen und auch, eigentlich Ruander zu sein und nicht wirklich nach Burundi zu gehören. Darauf antwortet Gaby: »Certes, j'étais le fils d'une Rwandaise, mais ma réalité était le Burundi, l'école française, Kinanira, l'impasse. Le reste n'existait pas.« (S. 77,26–28) Auch was die sogenannte ethnische Zuschreibung *Hutu* oder *Tutsi* betrifft, will Gaby keine Aussagen treffen. Er möchte seine Freunde einfach als Menschen mögen

Festlegung: la prise de position (*f.*) | **sich zu etw. bekennen:** embrasser qc | **Zuschreibung:** l'attribution (*m.*)

und nicht, weil sie zur einen oder anderen Gruppe gehören. In seinem Umfeld wird aber diese Zuschreibung immer wieder eingefordert, eine Forderung, die zunehmend aufgestellt wird von den Politikern. »Je ne suis ni hutu ni tutsi [...]. Vous êtes mes amis parce que je vous aime et pas parce que vous êtes de telle ou telle ethnie. Ça, je n'en ai rien à faire!« (S. 167,4–7). Als die Diskriminierung der Hutu in Burundi fortschreitet, der Völkermord vorbereitet wird, bekommt Prothé beispielsweise immer mehr Probleme, weil er für einen Franzosen arbeitet. Er wird bedroht und muss Gabys Familie verlassen. Auch Gaby und seine Schwester Ana werden bedroht und man sagt ihnen klar, dass sie nicht erwünscht sind, weil ihr Vater Franzose ist und die Franzosen in Ruanda die Tutsi getötet haben (S. 177,8–10). Sogar die Mutter stimmt mit ein und beschuldigt ihre eigenen Kinder, als Franzosen an den Massakern in Ruanda eine Mitschuld zu tragen. Die unschuldige Frage von Ana entlarvt diese fragwürdige Haltung, diesen Wahn, der im Großen und im Kleinen, im privaten und im öffentlichen Leben existiert: »Gaby, pourquoi Maman nous a accusés d'avoir tué notre famille au Rwanda?« (S. 177,19 f.) Es ist ein großes Anliegen des Autors, diese Identitätsfragen *ad absurdum* zu führen, Zuschreibungen zu vermeiden und den wichtigen Satz »Je suis un être humain«,

einfordern: revendiquer (*Forderung:* la revendication) | **eine Mitschuld an etw. tragen:** avoir une part de responsabilité (*f.*) dans qc | **Wahn:** la folie | **öffentliches Leben:** la vie publique

wenn auch nicht wörtlich, so doch sinngemäß auch in seinen Rapsongs immer wieder herauszustellen (z. B. in seinem Song »Métis« oder »Petit pays«).

Post-Kolonialismus – das Afrikabild aus europäischer Sicht

Koloniale Strukturen

Die noch bestehenden kolonialen Strukturen in Burundi und Ruanda werden an vielen Stellen im Roman thematisiert. Für diese Strukturen und die dahinterstehende Ideologie gibt es sozusagen Vertreter im Roman, Vertreter der ehemaligen Kolonialmächte: einen für Frankreich, Gabys Vater Michel, einen für Belgien, sein Freund Jacques. Als Kondensat des Themas könnte man das zweite Kapitel des Romans ansehen. In diesem Kapitel wird an den Lebenswegen zweier Romanfiguren deutlich, wie Kolonialismus funktioniert.[18]

Obwohl sich Michel und Yvonne längst nicht mehr verstehen, wird ein gemeinsamer Ausflug mit den Kindern zu Michels Freund Jacques unternommen. Schon auf dem Weg ins ehemalige Zaïre, wo Jacques wohnt, wird Michel auf die seltsam altertümlich-kolonial anmutenden Namen der kleinen Bars aufmerksam, fotografiert sie, macht sich in gewisser Weise

Exotismus

darüber lustig und wird dafür von seiner Frau eines

Vertreter(in): le représentant / la représentante | **Kolonialmacht:** le pouvoir colonial | **Kondensat:** l'essence (*f.*), la mise au point | **Lebensweg:** le parcours de vie (*f.*)

»exotisme pour blancs« (S. 20,6 f.) bezichtigt: »Au Fouquet's des Champs-Élysées«, »Snack-bar Giscard d'Estaing« etc. (ebd.). Es ist zunächst interessant, sich die Gründe zu vergegenwärtigen, weshalb die beiden Männer nach Afrika gegangen und – vor allem – weshalb sie geblieben sind: Beide kamen mehr oder weniger zufällig auf den afrikanischen Kontinent. Michel kam, um seinen Zivildienst zu machen (S. 15,16) – Neugier und Abenteuerlust waren die Triebfedern, auch die Lust am »Exotischen« (S. 20,6). Yvonne wirft ihm vor, aus Abenteuerlust und wegen Kindheitsträumen vom »exotischen Afrika« dort gelandet zu sein.

Von Jacques erfahren wir nicht die Gründe für sein Kommen, aber die für sein Bleiben. Michel führt als Gründe vor allem die Tatsache an, dass er als Weißer von den wirtschaftlichen Vorteilen profitiert. Aufgrund der größeren Kaufkraft kann er in Burundi wesentlich luxuriöser leben als dies in Frankreich möglich wäre. Er bringt diesen Sachverhalt in einem Streitgespräch mit Yvonne auf den Punkt: »Ici, nous sommes des privilégiés. Là-bas, nous ne serons personne.« (S. 25,24 f.) – Das entspricht genau dem kolonialen Ausbeutungsschema, der Tatsache, dass sich

■ Privilegierte Stellung

jdn. etw. bezichtigen: accuser qn de qc | **sich etw. vergegenwärtigen:** réaliser qc | **Abenteuerlust:** l'attrait (*m.*) de l'aventure (*f.*) | **Triebfeder:** le mobile | **Kaufkraft:** le pouvoir d'achat (*m.*) | **Streitgespräch:** la dispute | **etw. auf den Punkt bringen:** en venir au point | **koloniales Ausbeutungsschema:** le schéma d'exploitation coloniale

Europa auf Kosten Afrikas bereichert und nur aufgrund dieser Tatsache für Europäer ein Luxusleben in Afrika möglich ist. Yvonne wirft ihm vor, ein simplifizierendes Afrikabild zu haben, nur die landschaftlichen Schönheiten und Annehmlichkeiten zu sehen, aber keinen Blick hinter die Kulissen zu wagen. »Quand tu vois la douceur des collines, je sais la misère de ceux qui les peuplent.« (S. 25,27 f.) Auf Yvonnes Vorwürfe hin zeigt er sich überzeugt von der angeblichen Überlegenheit des weißen Mannes und seiner Attraktivität, die er seiner Meinung nach für schwarze Frauen hat: »Beaucoup d'Africaines rêveraient d'être à ta place …« (S. 26,14). Hiermit besiegelt er die koloniale Idee der Überlegenheit der Weißen gegenüber den Schwarzen.

Herablassendes Verhalten

Auch die Art und Weise, wie er über seine Hausangestellten spricht, zeigt, dass er in diesem Bild gefangen ist. Er behandelt die Bediensteten gut, aber ein wenig herablassend und paternalistisch. Er scheut nicht davor zurück, Prothé, seinen treuen Koch, Jacques gegenüber als »[c]e con de Prothé« (S. 20,18) zu bezeichnen, was impliziert, dass dieser nicht intelligent und natürlich den Weißen unterlegen ist. Außerdem schimpft Michel über ihn, weil er angeblich nicht »richtig« kochen kann, wobei »richtig« hier nach französischer Art bedeutet.

sich auf Kosten von jdm. bereichern: s'enrichir sur le dos de qn | **simplifizierend:** simplifié, e | **Annehmlichkeit:** la commodité | **etw. besiegeln:** sceller qc | **jdn. herablassend behandeln:** traiter qn de haut | **implizieren:** impliquer

Michel gibt offen zu, dass sein Freund Jacques es war, der ihm Afrika »erklärt« hat: »C'est lui qui m'a appris l'Afrique!« (S. 21,11), wobei auch hier die Wortwahl wieder verdächtig ist – »apprendre« impliziert, dass man Afrika ›lernen‹ kann, wie eine Sprache, wie ein Spiel. Mit Jacques haben wir es nun mit einem »colon«, einem »Kolonisten« alten Schlags zu tun. Was bei Michel durch seine sympathische Art, sein sympathisches Äußeres und die Tatsache, dass er jünger ist, etwas abgemildert wird, ist bei Jacques voll ausgeprägt: Ihn kennzeichnen kruder Rassismus und abstoßendes Verhalten auf der ganzen Linie. Auch sein Äußeres ist abstoßend – »Des taches de vieillesse parsemaient ses mains et son crâne dégarni. [...] on aurait dit que son corps était un assemblage de pièces hétéroclites.« (S. 23,12–16) Dazu kommt, dass er keine Manieren hat. Er fühlt sich »plus zaïrois que les nègres [sic!]« (S. 24,20), fühlt sich wohl in Zaïre, weil er sich dort aufführen kann, wie er will, ohne dass dies Konsequenzen hätte – er kann seinem Rassismus freien Lauf lassen, ein Phänomen, das in seiner Widersprüchlichkeit nicht ungewöhnlich ist für viele europäische Auswanderer, die auf dem afrikanischen Kontinent von den kolonialen Strukturen profitiert haben. Während Michels paternalistisches Verhalten im Großen und Ganzen noch als wohlwollend bezeich-

Rassismus

abgemildert: attenué, e | **krude:** embrouillé, e | **abstoßend:** dégoûtant, e | **sich aufführen:** se comporter | **etw. freien Lauf lassen:** laisser libre cours (*m.*) à qc | **Widersprüchlichkeit:** la contradiction | **wohlwollend:** bienveillant, e

net werden kann, rangiert Jacques Art, über die Afrikaner zu sprechen, weit unter diesem Niveau – er redet von ihnen wie von Tieren, stellt seine Bediensteten auf eine Stufe mit Affen, bezeichnet seinen Koch als »macaque« (S. 20,21). Dennoch muss man sagen, dass der Koch ein recht gutes Verhältnis zu ihm hat, ja, dass dieser sich sogar über ihn lustig macht und mit ihm scherzt. Auch Jacques lamentiert über die mangelnde Kochkunst der Afrikaner und betont die Überlegenheit der europäischen, in seinem Fall, belgischen Küche (S. 20,23–25). Er meint, dass in Zaïre alles nur aufgrund der europäischen Einmischung funktioniert, glaubt an die Überlegenheit auf intellektuellem und verwaltungstechnischem Niveau (S. 22,16–18). In seinem Gespräch übergeht er geflissentlich Yvonne, redet mit Michel, als sei seine Frau nicht da, was zeigt, dass er außerdem noch extrem machohaft ist und Frauen als Gesprächspartnerinnen überhaupt nicht in Frage kommen (S. 23,20–22).

■ Angenommene Überlegenheit

Historische und politische Bezüge im Roman

■ Die Sicht des Kindes

Alle politischen und historischen Bezüge im Roman werden aus der Sicht Gabys geschildert – es geht nicht um historische Fakten, sondern darum, wie ein Kind sie erlebt, wie ein Kind sie schildert. Und immer wer-

auf eine Stufe stellen: mettre sur le même niveau que | **Einmischung:** l'ingérence (*f.*) | **verwaltungstechnisch:** administratif, -ve | **geflissentlich:** volontairement | **Bezug:** le rapport (à qc)

den die Auswirkungen, die die Geschehnisse auf die Familiengeschichte haben, mit erzählt. Aber natürlich kann man die Geschichte des Genozids, die Geschichte von Rassenwahn und Krieg nicht im luftleeren Raum erzählen – es gibt immer wieder Hinweise auf konkrete Daten und Fakten, Hinweise auf Gabys Erleben dieser Geschehnisse, auf seine Unfähigkeit, darauf zu reagieren, ja überhaupt, sie zu verstehen.

Der erste explizite Bezug zu geschichtlichen Ereignissen ist im zweiten Kapitel zu finden und bezieht sich auf Yvonnes Heimat Ruanda. Hier erfahren wir, dass Yvonne im Alter von 4 Jahren 1963 wegen der Massaker an den Tutsi ihre ruandische Heimat verlassen musste (vgl. S. 21). Sie lebte im burundischen Exil und erst nach den Verträgen von Aruscha (»Accords d'Arusha«) von 1993, die es ermöglichen sollten, dass die Macht zwischen Hutus und Tutsis aufgeteilt wird, kann sie zurückkehren. Dies tut sie zusammen mit ihrer Tochter Ana Weihnachten 1993, sie besucht ihre Familie (S. 32,2–7). Michel bleibt währenddessen mit seinem Sohn in Burundi zurück und verbringt das Weihnachtsfest, anlässlich dessen Gaby sein BMX-Fahrrad geschenkt bekommt, allein mit dem Jungen. Yvonne ist sehr geprägt von ihrer Flucht aus Ruanda, betont immer wieder, dass sie keine Burunderin ist und dass sie nach Frankreich auswandern will – ihr

Yvonnes Flucht aus Ruanda

auf etw. Auswirkung haben: avoir un effect sur qc | **Rassenwahn:** l'hystérie (*f.*) raciste | **geprägt sein von etw.:** être marqué, e de qc

Misstrauen nach den Massakern, die sie in der Kindheit erlebt hat, ist groß.

Leben als Geflüchtete

Im neunten Kapitel werden die staatlichen Wohnbausiedlungen der OCAF (*office des cités africaines*) in Bujumbura beschrieben, in denen hauptsächlich ruandische Geflüchtete untergebracht sind. Dort leben auch Gabys Großmutter, die Urgroßmutter und sein Onkel Pacifique. Die Siedlung wird als typische Flüchtlingssiedlung beschrieben, in der man zwar der ethnischen Verfolgung entkommen konnte, wo aber die typischen Probleme, die Geflüchtete haben, auf sie warteten: Armut, Exklusion, Fremdenhass und Zurückweisung, was zusammen mit dem Heimweh und den zum Teil traumatischen Erinnerungen an die Massaker eine problematische Mischung ergibt. In diesem Kapitel wird auch beschrieben, dass sich einige der ruandischen Flüchtlinge mit weiteren Verfolgten aus den an Burundi angrenzenden Ländern im FPR (*front patriotique rwandais*) zusammengetan und Ruanda angegriffen haben. Der Erzähler beschreibt das Glück der Mutter, als sie davon erfährt (S. 59,5 f.) – aber auch von der Trauer um ihren ältesten Bruder Alphonse, der sich dem FPR angeschlossen hatte und bei dem Angriff getötet wurde. Nach

staatliche Wohnbausiedlung: le lotissement d'État (*m.*) | **Urgroßmutter:** l'arrière-grand mère | **Fremdenhass:** la xénophobie | **Zurückweisung:** le rejet | **Heimweh:** le mal de pays, la nostalgie | **Mischung:** le mélange | **angrenzendes Land:** le pays voisin | **Trauer:** le deuil | **sich (einer Partei) anschließen:** rejoindre (un parti politique)

dem Tod des Bruders schließt sich auch Pacifique dem FPR an (S. 60,10 f.).

Erste demokratische Wahlen

Die nächste Erwähnung eines politischen Ereignisses ist die Wahl in Burundi – die ersten demokratischen Wahlen finden am 1. Juni 1993 statt und werden am Ende des zwölften Kapitels und im 13. Kapitel beschrieben (S. 86–91). Wir erfahren von den Wahlen zum einen über die Beschreibung dieses historischen Tags (S. 87,10), der euphorischen Stimmung, der Freude darüber, dass endlich die Zeit der Einparteienregierung vorbei sein soll. Beschrieben wird auch das neue Phänomen der Wahllokale mit Wahlkabinen und die internationalen Wahlbeobachter. In diesem Kapitel wird auch klar, dass die Vereinten Nationen zugegen sind und das afrikanische Land bei seinem Demokratisierungsversuch unterstützen. Gaby ist sich der Wichtigkeit dieses Ereignisses bewusst, hebt Wahlzettel auf und taucht in die euphorische Stimmung ein. Über seinen Vater, der ihn auch hier aus der Politik heraushalten will und gegenüber seinen Kindern nichts kommentiert, versucht er Informationen zu erhaschen, z. B. indem er ihn beim Telefonieren mit Freunden belauscht. Klar ist, dass Frodebu, die demokratische Front, gewonnen hat und dass nach der Bekanntgabe des Wahlergebnisses die euphorische Stimmung verflogen ist. Sowohl über Armand

Erwähnung: la mention | **Einparteienregierung:** le gouvernement à parti (*m.*) unique | **Wahllokal:** le bureau de vote (*m.*) | **Wahlkabine:** l'isoloir (*m.*)

als auch über die aufgeschnappten Gesprächsfetzen des Vaters erfährt Gaby, dass anzunehmen ist, dass das mächtige Militär nicht mit dem Sieg der Demokarten einverstanden sein wird und Putschgefahr besteht (S. 89,9–20). Immerhin darf der sehr interessierte Gaby dann doch die Nachrichten anschauen und ist beruhigt, dass der Militärchef die demokratische Wahl zu akzeptieren scheint. Der Vater bleibt skeptisch. In seinem Brief an Laure (S. 90 f.), dem Brief des afrikanischen Kindes an seine europäische Brieffreundin, berichtet er stolz von den demokratischen Errungenschaften seines Heimatlandes. Wir erfahren von Gaby, wie hoch die Wahlbeteiligung war. Zugleich schreibt er, dass weder seine Mutter, noch sein Vater, noch Donatien in Burundi wählen durften. Schließlich beschreibt er aus sehr kindlicher Sicht und mit kindlichen Vergleichen den neuen Präsidenten, Melchior Ndadaye (S. 90,20–28).

Staatsstreich

Die nächste Erwähnung eines konkreten Ereignisses ist dann die Ermordung des Präsidenten am 21. Oktober 1993 und der Staatsstreich mit Machtübernahme durch das Militär. Der Erzähler erwähnt die vergangenen Staatsstreiche und die klassische Musik, die in solchen Situationen im Radio gespielt wird: Beim Staatsstreich 1993 ist es – recht pathe-

etw. aufschnappen: glaner qc | **Gesprächsfetzen:** les bribes (*f. pl.*) de conversation (*f.*) | **Putsch:** le coup d'État (*m.*) | **Errungenschaften:** les aquis (*m. pl.*) | **Wahlbeteiligung:** la participation électorale | **Ermordung:** le meurtre | **Machtübernahme:** la prise de pouvoir (*m.*)

tisch – die Götterdämmerung von Richard Wagner. Michel verriegelt sofort Haus und Grundstück. Gino gelingt es dennoch einzudringen und er unterrichtet Gaby davon, dass der neue demokratisch gewählte Präsident ermordet wurde (S. 110,21). Er erzählt auch die Anekdote von dem Hengst Attila, der in den Wirren des Staatsstreichs den von Gotzens entlaufen ist, und davon, dass das Hauptinteresse der von Gotzens nun darin besteht, mit Hilfe der Vereinten Nationen ihr Pferd wieder zurückzubekommen (S. 111). Gaby erzählt von den ganz persönlichen familiären Auswirkungen des Staatsstreichs, von der Ausgangssperre, von der Grenzschließung (S. 111,29–112,11). Die dem Staatsstreich folgenden Ausgangssperren, die Repressionen, der Ausbruch der Gewalt, werden im 17. Kapitel (S. 113–115) beschrieben. Die sich intensivierende Gewaltbereitschaft wird auch hier anhand des Mikrokosmos von Gabys Clique gezeigt, die Schlägerei in Francis' Garten verdeutlicht sie eindrücklich.

Der nächste Verweis auf die zunehmende Gewalt findet sich im 19. Kapitel. Im Februar 1994 fährt Yvonne mit den Kindern zu Pacifiques Hochzeit nach Ruanda. Im Haus von Eusébie, die mit ihren vier Kindern in Kigali lebt, wird die grausame Wirklichkeit erneut angesprochen – durch belauschte Gespräche

Götterdämmerung: le Crépuscule des dieux (*m. pl.*) | **verriegeln:** verrouiller | **Grundstück:** le terrain | **eindringen:** pénétrer | **Wirren:** les désordres (*m. pl.*), les troubles (*m. pl.*) | **Ausgangssperre:** le couvre-feu | **Gewaltbereitschaft:** la propension à la violence | **Schlägerei:** la bagarre

Gerüchte eines Massakers

der Erwachsenen, durch Gerüchte und – vor allem – durch Pacifiques Bericht: »Nous craignons de grandes tueries partout dans le pays. Des tueries qui feront passer les précédentes pour de simples répétitions.« (S. 128,6–8)

Hass-Radio

Im folgenden 20. Kapitel wird der Sender Radio-Télévision Libre des Mille Collines thematisiert, ein Propagandaradio, das Hetznachrichten verbreitete und zu direkter Gewalt an den Tutsi aufrief.[19] Es wird von der Autofahrt von Kigali nach Gitarama, wo die Hochzeitszeremonie stattfinden soll, erzählt. Gaby wird hier zum ersten Mal mit dieser Art von Propaganda konfrontiert. Zunächst singen die Kinder fröhlich bei dem im Radio gespielten Song mit, bis der Radiosprecher plötzlich zu einem Massaker an den Tutsi aufruft. Gabys Mutter und seine Großtante reagieren entsetzt. Gaby hört bei dieser Gelegenheit auch erstmals das sehr diskriminierende Schimpfwort »cafard« (S. 132,21), mit dem die Tutsi bezeichnet werden. Bei einer Straßensperrung wird Yvonne dann auch noch von einem Soldaten belästigt, der sie als »Madame la Française« anspricht, sie als Tutsi erkennt und dann sowohl rassistisch als auch sexistisch beleidigt (S. 132,28–134,8). Diese Art von Gewalt, die in direktem Zusammenhang mit dem bald darauf stattfindenden Genozid steht, wird zum ersten Mal von Gaby so erlebt.

Hetznachricht: le message incendiaire | **Schimpfwort:** l'insulte (*f.*) | **Straßensperrung:** l'interruption (*f.*) de la circulation | **belästigen:** harceler | **beleidigen:** insulter

Die nächste Erwähnung eines konkreten historischen und politischen Ereignisses ist der 6. April 1994, der Tag, an dem das Flugzeug, in dem sich die Präsidenten von Ruanda und Burundi befanden, abgeschossen wurde. Im Radio werden hierfür die Tutsi verantwortlich gemacht, was die systematischen Massaker an den Tutsi zur Folge hat. Gaby erfährt durch seine Mutter hiervon (S. 146,9–11).

Flugzeugabschuss

Im 23. Kapitel wird zum ersten Mal davon erzählt, dass Menschen das Land aus politischen Gründen verlassen (S. 151,2 f.). In Gabys Umfeld ist die Familie der Zwillinge die erste, die das Land in Richtung Frankreich verlässt (S. 151,3–5). Immer wieder wird der Vergleich mit der Situation in Ruanda gebracht – Lynchmanöver und Leichen auf der Straße werden erwähnt. Es gelingt Michel immer schlechter, die Kinder nicht mit dem Anblick der Toten zu konfrontieren (z. B. S. 157 f.), und dann das unfassbare Ereignis: der Bericht Yvonnes von ihrem Besuch in Ruanda am 5. Juli 1994. Zunächst beschreibt sie die Situation auf der Straße, die Leichenberge, die überall zu sehen waren (S. 161,3–8), und dann die Entdeckung des Massakers in Eusébies Haus.

Von der Verwüstung, Brandschatzung und den Morden in Burundi erfahren wir im 28. Kapitel – wiederum aus der kindlichen Sicht des Erzählers: Ana

Gewaltakte

abschießen (Flugzeug): abattre | **Zwillinge:** les jumeaux | **Lynchmanöver:** le manœuvre de lynchage (*m.*) | **unfassbar:** inconcevable | **Verwüstung:** la dévastation | **Brandschatzung:** les incendies (*m. pl.*)

malt Soldaten, zerrissene Flaggen, brennende Städte (S. 176,2–5), Prothé bekommt ernsthafte Schwierigkeiten (S. 177,1–6). Ana fragt sich, was sie wohl mit dem Morden in Ruanda zu tun hat, weil ihre Mutter ihren eigenen Kindern vorwirft, als Franzosen mitschuldig zu sein am Massaker, das an ihrer Familie in Ruanda verübt wurde (S. 177,19 f.). Gegen Ende des Romans häufen sich die Schilderungen der Gewalt, der Brandanschläge, der Morde. Als Kondensat wird hier die Zuspitzung der Gewaltspirale am konkreten Beispiel Gabys festgemacht – er wird zum Täter (vgl. hierzu den Abschnitt »Die Schuldfrage«, S. 74 ff.)

Der letzte Verweis auf konkrete historische Geschehnisse ist der auf die enorme Zuspitzung der Gewalt, die im Roman durch den Mord an Prothé verdeutlicht wird. Mit dieser Zuspitzung geht die Expatriierung von Frauen und Kindern einher. Der Völkermord, der unter den Augen der Blauhelme stattfindet, hat seinen traurigen Höhepunkt erreicht. Endlich werden von der französischen Regierung Flugzeuge zur Verfügung gestellt, die die Frauen und Kinder aufnehmen und nach Frankreich bringen (S. 190,14–19).

Genozid

zerrissen: déchiré, e | **Zuspitzung:** l'aggravation (*f.*) | **Expatriierung:** l'expatriation (*f.*) | **Blauhelm:** le Casque bleu (Friedensoldat[in] der Vereinten Nationen) | **zur Verfügung stellen:** mettre à disposition (*f.*)

7. Autor und Zeit

Gaël Faye wird 1982 in Bujumbura, Burundi, geboren. Über das genaue Datum gibt es unterschiedliche Angaben. Faye ist das Kind einer ruandischen Mutter, die wegen der ethnischen Zuschreibung als Tutsi nach den Verfolgungen im Zusammenhang mit der Revolution von 1959 ins burundische Exil geflohen ist, und eines französischen Vaters. Gaëls Vater ist Wissenschaftler, Herpetologe (Reptilienforscher), der in Burundi arbeitet, auch viele Klempnerarbeiten im Haus verrichtet und nebenbei Boulevardtheaterstücke schreibt. Gaël hat eine Doppelnationalität als Ruander und Franzose und wächst in einem bürgerlichen Viertel von Bujumbura auf. Die Landessprache Kirundi spricht er nicht, ebenso wenig wie die Sprache seiner Mutter, Kinyarwanda. Er wohnt wegen des Berufs seines Vaters in einem Haus zusammen mit mehr als 200 Schlangen, umgeben mit einem Wassergraben, in dem Krokodile leben, die er am Wochenende mit Fröschen und Mäusen füttert. Gaël kommt sehr früh mit der Weltliteratur in Kontakt, zieht sich oft mit seinen Büchern zurück, liest viel zu früh Dostojewski und Cécile. Wegen des Bürgerkriegs, der 1993 in Bu-

Kindheit in Burundi (1982–95)

Wissenschaftler(in): le/la scientifique | **Herpetologe:** l'herpétologue (*m./f.*) | **Klempnerarbeit:** la plomberie | **Dostojewski:** Fjodor Michailowitsch Dostojewski (1821–1881): russischer Schriftsteller | **Cécile:** Louis-Ferdinand Cécile (1894–1961): französischer Schriftsteller, dem trotz seines Antisemitismus Weltruhm zuteil wurde | **Bürgerkrieg:** la guerre civile

rundi ausbricht, und des Genozids an den Tutsi in Ruanda von 1994 muss er fliehen. Sein Vater schreibt ihn auf die sogenannten »listes de rapatriement« für französische Staatsbürger. Er weiß, dass er in einem kleinen Dorf in der Nähe eines Flusses unterkommen wird und bittet seinen Vater, ihm eine Angel mitzugeben. Sein Vater bringt ihn, seine Mutter und seine Schwester zum Flughafen und Gaël Faye weiß nicht einmal, ob er sich dort von ihm verabschiedet hat.

April 1995–2008: Exil in Frankreich

Am 1. April 1995 kommt er in Frankreich an und lebt zunächst bei einer Familie in der Nähe von Oyonnax in der Auvergne (in dem kleinen Dorf am Fluss) und kann dann zu seiner Mutter, die nach Versailles ausgesiedelt wurde, ziehen. Nun lebt er zwar in einem Land, in dem Frieden herrscht, hat alles zur Verfügung, um sich abzulenken, aber er ist in einem Alter, in dem er das brutale Herausgerissen-Werden aus seiner Heimat, die traumatischen Erlebnisse in Burundi, den Verlust des Vaters, nicht so einfach bewältigen kann. Über zwei Jahre lebt er in einer Art Ausnahmezustand: »Pendant deux ans, j'avais vécu les nerfs à vif. Une porte qui claquait, c'était un coup de feu. Le corps s'habitue. On est à cran. Versailles, c'était comme une descente.«[20] In den ersten Jahren nach seiner Ankunft in Frankreich kehrte Gaël in den

ausbrechen: éclater | **Angel:** la canne à pêche (*f.*) | **sich von jdm. verabschieden:** prendre congé (*m.*) de qn | **aussiedeln:** émigrer | **bewältigen**: surmonter | **Ausnahmezustand:** l'état (*m.*) d'urgence (*f.*) | **les nerfs à vif:** mit blanken Nerven | **être à cran:** gereizt sein

Sommerferien nach Burundi zurück, um mit seinem Vater Ausflüge in die Berge zu machen und Tieren für dessen Reptilien-Export aufzulauern: eine groteske Situation, wenn man bedenkt, dass Krieg im Land herrschte und diese Ausflüge sicher nicht ganz ungefährlich waren. Gaël studiert am Lycée Jules-Ferry in Versailles. Er entdeckt den Rap, doch trotz seiner großen Begabung und seines großen Interesses für Musik und Literatur entschließt er sich zu einem betriebswirtschaftlichen Studium und eine Tätigkeit im Finanzwesen. Sein Studium schließt er mit einem »Master de finance« der École nationale d'assurance (ENASS) ab. Er will sich (noch) nicht mit dem konfrontieren, was ihn eigentlich interessiert: die Literatur und die Musik, der Verarbeitung seiner Kindheitserinnerungen, der Auseinandersetzung mit Krieg und Heimatverlust.

Nach Abschluss des Studiums arbeitete Faye zwei Jahre lang als Investmentbanker in London, um danach wieder nach Frankreich zurückzukehren. Dort wendet er sich endgültig der Musik und dem Schreiben zu.

2006–2008 Investmentbanker in London

Gaël Faye findet ein Ausdrucksmittel für die Auseinandersetzung mit seinem Lebensthema. Seine Musik

Begabung: le talent | **betriebswirtschaftliches Studium:** études (*f. pl.*) de gestion (*f.*) d'entreprises (*f. pl.*) | **Verarbeitung** (psych.): l'assimilation (*f.*) | **Auseinandersetzung:** la confrontation | **Investmentbanker(in):** le banquier / la banquière d'affaires (*f. pl.*) | **Ausdrucksmittel:** le moyen d'expression (*f.*)

Ab 2009: Gaël Faye, der Rapper

ist der Rap. In seinen Texten thematisiert er die traumatische Erfahrung von Krieg und Gewalt in seinem Herkunftsland, die Familiengeschichte seiner Mutter, aber vor allem sein Hin- und Hergerissensein zwischen zwei Kulturen, sein Leben im Exil und seine Sehnsucht nach der Heimat, vor allem aber seine Erinnerung an seine Kindheit.

2004 lernte Faye im Rahmen des Erinnerungsprojekts »10 Jahre Genozid in Ruanda« den franko-kamerunischen Rapper Edgar Sekloka kennen und entwickelt mit ihm ein Slam-Theaterstück: *L'Éclipse des cent jours*. Die beiden gründen zunächst das Slam- Kollektiv *Chant d'Encre*, 2006 das Hip-Hop Duo *MC's*, das ab 2008 zu *Milk Coffee and Sugar* wird. 2009 beginnen sie auf Anraten ihres Managers, Touria El Haouzi, unter dem Label *6D Production* mit der Produktion ihres ersten Albums. Das erscheint unter dem Namen *Milk Coffee and Sugar* 2009. Das Jahr 2009 ist auch privat ein einschneidendes Jahr: Gaël Faye heiratet eine Krankenschwester, die wie er franko-ruandischen Ursprungs ist und gründet eine Familie. 2010 wird seine erste Tochter geboren. 2011 kommt das zweite Album von *Milk Coffee and Sugar* heraus: *Handmade*. Die Formation löst sich 2015 auf. 2013 veröffentlicht Gaël Faye sein erstes Solo-Album, *Pili-Pili sur un croissant au beurre*. Ein zweites Soloalbum,

Hin- und Hergerissensein: le déchirement entre | **Erinnerungsprojekt:** le projet de commémoration (*f.*) | **franko-kamerunisch:** franco-camerounais, e

Abb. 4: Gaël Faye beim Festival du Bout du Monde (2013) – CC BY-SA 3.0

Rythmes et botanique kommt 2017 heraus, *Des fleurs* 2018, *Lundi méchant* 2020, *Mauve jacaranda* und *Éphémère* 2022 mit *Grand Corps Malade* und *Ben Mazué*. Gaël Faye arbeitet mit vielen Künstlern zusammen, fast alle »people of color« mit starker Konzentration auf musikalischer Verarbeitung von Identitätsfragen. Einige bekannte Musiker, mit denen er zusammengearbeitet hat, sind z. B.: *Mulatu Astatke*, ein wesentlich älterer äthiopischer Jazzmusiker, Vater des sogenannten Ethiojazz; *Bonga Kuenda*, ein 1942 geborener angolanischer Popsänger; *Saul Williams*, ein US-amerikanischer Rapper und Songwriter; *Tumi Molekane*, ein südafrikanischer Rapper; *Oxmo Pucci-*

People of Color: les gens (*m. pl.*) de couleur (*f.*)

no, ein französischer Rapper aus Mali; *Akua Naru*, eine US-amerikanischen Vertreterin des *concious rap*; *Sly Johnson*, ein amerikanischer Blues und Soul-Sänger; *Mamani Keïta*, eine Sängerin und Musikerin aus Mali; *Beat Assailant*, ein amerikanischer Sänger und Musiker; *Flavia Coelho*, brasilianische Sängerin. Die bekanntesten französischen Musikerinnen und Musiker sind: *Pauline Croze*, Popsängerin; *Ben l'Oncle Soul*, Soulsänger; *Grand Corps Malade*, der sehr bekannte Slamer und Rapper; *Christophe Maé*, dessen Soloalben alle auf den ersten Plätzen der französischen Charts stehen; und *Ben Mazué*, ebenfalls Rapper. Mit *Mazué* und *Grand Corps Malade* hat Gaël Faye 2022 das Album *Éphémère* herausgebracht mit dem bekanntesten Song »Tailler la route« – der Text stammt von Gaël Faye.

■ 2014: Tournée durch Burundi und Ruanda

Im Jahr 2014 – zwanzig Jahre nach dem Genozid, unternimmt das Duo *Milk Coffee and Sugar* eine gemeinsame Musiktournee nach Burundi und Ruanda zu den Orten von Fayes Kindheit mit dem Titel »Quand deux fleuves se rencontrent«.[21] Toumani Sangaré und Nicolas Bozino haben einen Dokumentarfilm über die Tournee gedreht.

Mit 33 Jahren überlegt sich Gaël Faye auf Anraten seiner Verlegerin, ein Buch zu schreiben und so ein anderes Ausdrucksmittel zu finden, sein Trauma zu bearbeiten. In einem Interview[22] sagt er, dass er diesen Vorschlag wie eine Schulaufgabe akzeptiert und

Verleger(in): l'éditeur / l'éditrice

sehr diszipliniert 13 Stunden täglich an dem Buch gearbeitet hat. Von seiner Kindheit in Burundi waren ihm nur noch Gefühle, sinnliche Eindrücke geblieben. Es ging ihm bei dem Buchprojekt nicht darum, den Krieg und das Morden zu beschreiben. Es ging ihm darum, die Sicht des Kindes auf seine Kindheit zu Papier zu bringen – des Kindes, in dessen Perspektive er sich rückschauend im Alter von 33 Jahren versetzt. »Cette naïveté me permettait de mettre à distance une violence sinon insoutenable«[23]. Es gab zu dieser Zeit bereits Bücher über den Genozid. Wie im Abschnitt »Zeugen des Genozids« (S. 52–55) bereits beschrieben, hatte der Journalist Jean Hatzfeld sowohl Interviews mit Überlebenden als auch mit Tätern des Völkermords geführt – eine schwer zu ertragende minutiöse Auflistung grausamer Verbrechen war das Ergebnis. Faye hat es nie fertiggebracht, sie zu lesen. Es geht ihm auch nicht darum, über Daten und Fakten des Mordens zu sprechen, es geht ihm darum, die Perspektive des Kindes auf seine Kindheit zu rekonstruieren.

> »Je n'étais pas triste en l'écrivant. Dès que j'entrais dans mon local, je retrouvais mes dix ans, dans les rues de Bujumbura. Ça me rendait vraiment heureux. C'était comme un film qui me poursuivait en-

die Sicht des Kindes (auf): le regard de l'enfant (sur) | **rückschauend:** rétrospectivement | **Überlebende(r):** le survivant / la survivante | **es fertigbringen etw. zu tun:** réussir à faire qc

> core dehors, je continuais de parler à Gabriel. L'enfance est un coffre-fort, on pourrait en extraire mille histoires sans avoir besoin de sortir de sa pièce. Ça contient tout, les odeurs, les sensations, les émotions. Tout est là.«[24]

2015 – ein entscheidendes Jahr

Nicht nur im Hinblick auf sein literarisches Schaffen war 2015 ein entscheidendes Jahr – in diesem Jahr trifft Gaël Faye auch eine andere wichtige Entscheidung: er beschließt, mit seiner Frau und seinen beiden Töchtern nach Ruanda zu gehen, um im Herkunftsland seiner Mutter zu leben. »Burundi war das Land meiner Kindheit, [...] Frankreich war das Land des Exils, meiner Jugend, auch das der Bücher ... Ich musste Ruanda kennenlernen. Deshalb bin ich mit meiner Frau und meinen Töchtern dorthin gezogen.«[25]

Er lernt nun endlich Kinyarwanda, eine sehr poetische Sprache, die viele Bilder verwendet, sehr rhythmisch ist. Er versucht so, die charakteristische Musik seiner Kindheit wiederzufinden. In seinem Videoclip »Petit pays« wird der Refrain auf Kinyarwanda gesungen.

2016 erscheint das Buch *Petit pays*.

8. Rezeption

Am 24. August 2016 erscheint *Petit pays* bei dem bekannten französischen Verlag Grasset und der erfolgreiche französisch-ruandische Rapper Gaël Faye wird zum literarischen Shooting-Star. »Gaël Faye, le slameur franco-rwandais qui bouleverse la rentrée littéraire« titelt beispielsweise das Nachrichtenmagazin *L'Obs.*[26] Überall wird der Erstlingsroman begeistert aufgenommen und erhält viele Auszeichnungen, wie z. B. den »Prix Goncourt des Lycéens«.[27] Gaël Faye wird zum Stammgast in französischen Talkshows, z. B. auch bei der Literatursendung *La Grande Librairie* (LGL)[28] etc. *Petit pays* ist bereits in fast 40 Sprachen übersetzt worden. Sowohl in Frankreich als auch in einigen deutschen Bundesländern wird *Petit pays* zum Abiturthema – zunächst in Nordrhein-Westfalen, ab 2025 auch in Baden-Württemberg. Gaël Faye hat auch einen Rapsong »Petit pays« geschrieben und einen sehr schönen Videoclip herausgebracht.[29]

Verlag: la maison d'édition (*f.*) | **la rentrée littéraire:** Beginn der Literatursaison, in Deutschland: Literaturherbst | **Erstlingsroman:** le premier roman | **begeistert aufnehmen:** accueillir avec enthousiasme (*m.*) | **Stammgast:** l'habitué, e | **Literatursendung:** l'emission (*f.*) littéraire

Verfilmung des Romans von Éric Barbier (2020)

Genaue Recherche

Der Roman *Petit pays* wurde unter dem gleichnamigen Titel vom Regisseur Éric Barbier verfilmt und in die Kinos gebracht. Die französisch-belgische Produktion, bei der auch Gaël Faye mitwirkte, wurde jedoch bei weitem nicht so erfolgreich wie der Roman. Barbier hatte mit Gaël Faye Kontakt aufgenommen, sprach viel mit ihm und ließ sich von seinen ganz persönlichen Erinnerungen an dessen Kindheit in Burundi erzählen, auch stöberte er in alten Fotoalben. Barbier fuhr zudem selbst mehrmals nach Burundi und nach Ruanda und führte dort Interviews mit Leuten, die die Zeit des Bürgerkriegs und des Genozids erlebt hatten. Er tauchte regelrecht in diesen Abschnitt der Geschichte des Landes ein. In einem Interview sagte er, dass von allen seinen Filmen *Petit pays* derjenige ist, der ihn am meisten prägte.[30]

Amateurschauspieler

Mit seinem Filmteam castete er in Burundi und Ruanda sehr sorgfältig und lange, schaute sich mehr als 700 Leute an. Viele der ausgewählten Schauspielerinnen und Schauspieler haben ähnliche Schicksale wie die, die von Gaël Faye geschildert werden – die meisten von ihnen sind Amateure. Das gibt dem Film eine große Authentizität. Barbier sagt, dass ihn vor allem die Kinder beeindruckt haben, dass er durch sie

verfilmen: adapter au cinéma | **in etw. eintauchen:** plonger dans qc

Abb. 5: Gaël Faye und Éric Barbier (2020) – © Abaca Press / Alamy Stock Foto

eine Leichtigkeit gefunden hat, über das so schwere Thema zu sprechen. Er erinnert sich gern hieran zurück. Für den Autor des Romans war der Film ebenfalls sehr wichtig – Gaël Faye hätte vorher nicht gedacht, dass man dieses Thema – sein Lebensthema – verfilmen könnte. Bei den Dreharbeiten in der Region »des grands lacs« war er dabei. In dieser Gegend gibt es keine Filmindustrie und die Dreharbeiten gestalteten sich zum Teil schwierig.

Der Film atmet die Stimmung der 1990er Jahre in Burundi – die Bilder, Farben und Orte der Kindheit des Erzählers werden sehr eindrücklich gezeigt und geben vor allem das Kindheitsgefühl im subsaharischen Paradies wieder. Aber durch das genaue Nachstellen der Gewaltszenen und die späteren düsteren

Schwer erträgliche Gewaltszenen

düster: sombre

Farben im Kontrast zum hellen, sonnendurchfluteten Anfang des Films, ist der Film sehr schwer zu ertragen. Vor allem die Szene, in der Gaby zum Mörder wird, ist kaum auszuhalten.

Die gecasteten Schauspielerinnen und Schauspieler sind sehr gut geeignet, das Personenarsenal von Gaël Fayes Roman zu verkörpern. Besonders beeindruckend sind Djibril Vancoppenolle, der die Rolle des Gaby spielt und mit diesem Film als Kinderschauspieler entdeckt wurde, und Isabelle Kabano, eine ruandische Schauspielerin, die die Rolle von Yvonne spielt.

Man kann darüber diskutieren, ob der Film dem Roman gerecht wird – sehr oft sind Literaturverfilmungen der Kritik ausgesetzt, gefragt wird dabei, ob die Intention des Autors getroffen wurde oder nicht.

Auslassungen im Film

Die poetische Seite des Romans, die besonders in den Briefen an Laure zum Ausdruck kommt, die Rolle, die die Literatur für Gaby spielt, seine Gedankenspiele und Überlegungen während des französischen Exils, werden im Film übersprungen. Doch seine Liebe zur Literatur wird zumindest durch die vielen Besuche Gabys bei Mme Econopoulos angedeutet. Sehr berührend ist die Erzählung der Großmutter, die vom Leichenfund von Eusébies Kindern erzählt – sehr ruhig, sehr abgeklärt, aber in einer Art und Weise, die einem durch Mark und Bein geht. Es gibt einen gro-

sonnendurchflutet: ensoleillé, e | **etw. überspringen:** sauter qc | **etw. andeuten:** faire allusion (*f.*) à qc | **berührend:** touchant, e | **abgeklärt:** avisé, e; réfléchi, e | **durch Mark und Bein gehen:** pénétrer jusqu'à la moelle des os (*m. pl.*)

ßen Cut, nachdem die Kinder von ihrem Vater darüber informiert wurden, dass sie ins Exil nach Frankreich gebracht werden. Nicht gezeigt bzw. nicht erzählt werden die Beweggründe Gabys, 30 Jahre später in sein Heimatland zurückzukehren. In der darauf folgenden Szene trifft Gaby als 30-Jähriger seinen Kinderfreund Armand am Flughafen.

Man kann den Film nicht als Ersatz für das Buch sehen, aber als Ergänzung: Er hilft dabei, sich das Leben und die Stimmung im Land vorzustellen, und vermittelt das Gefühl des Paradieses, das zur Hölle wird. Bevor man sich den Film ansieht, sollte man sich jedoch bewusst machen, dass hier eine Geschichte von Gewalt, Krieg und einem Genozid erzählt wird und die Filmszenen wesentlich verstörender wirken können als der Roman.

Ergänzung zum Buch

Literarische Verarbeitungen des Genozids aus Burundi und Ruanda

Im Folgenden sollen einige Autorinnen und Autoren vorgestellt werden, deren Romane in der gleichen Tradition wie *Petit pays* stehen. Es geht um die Verarbeitung des Genozids durch das autofiktionale Schreiben der Überlebenden aus verschiedenen Generationen.

Beweggrund: la motivation | **Ersatz:** le remplacement | **Ergänzung:** le complément | **verstörend:** bouleversant, e

Scholastique Mukasonga

Scholastique Mukasonga ist eine ruandische Schriftstellerin, die für ihr Werk ausgezeichnet wurde. Sie wurde 1956 in Ruanda in einer Tutsifamilie geboren. Bereits Anfang der 1960er Jahre wurde sie mit anderen Tutsi aus der Provinz Gikongoro in die Provinz Nyamata deportiert. Sie besuchte das Lycée Notre-Dame de Citeaux in Kigali; dort gab es eine Zulassungsquote von 10 % für Schülerinnen aus Tutsifamilien. Ihre Familie fiel zum großen Teil dem Genozid in Ruanda zum Opfer. Scholastique Mukasonga schrieb 2006 ein Buch über den Völkermord: *Inyenzi ou les Cafards*.[31] In ihrem späteren, 2012 erschienen Roman *Notre-Dame du Nil*, der mit dem Prix Renaudot ausgezeichnet wurde, verarbeitet sie ihre Erfahrungen im Internat und im Gymnasium in den 1970er Jahren. Sie schreibt aus der Perspektive des jungen Mädchens davon, wie sie als minoritäre Tutsi Zugang zu einem wunderbaren und geschützten Ort erhalten hat – zu einer Schule inmitten wundervoller Natur auf 2500 Metern Höhe, fernab von allen Versuchungen der Großstadt. Hier wurden die Mädchen, die jungfräulich in die Ehe kommen sollten, auf eine Zukunft als Ehefrau und Mutter vorbereitet. Sie beschreibt, wie sie und ihre Tutsi-Freundinnen dann aber vom Rassenhass überrascht wurden. Sie thematisiert auch die Unruhen, die dem Militärputsch von Juvénal Habyarimana vorangingen. Einige der Internatsschülerin-

deportieren: deporter | **Versuchung:** la tentation | **jungfräulich:** vierge nen hatten hohe Militärs in ihrer Familie. Mukasonga schreibt aus der Sicht der jungen Internatsschülerin und ›Quoten-Tutsi‹ über das Schulleben der höheren Töchter, über Dispute und Eifersüchteleien, aber auch über eine Freundschaft über die Grenzen der Ethnien hinweg. So wird die Protagonistin von einer Hutu-Klassenkameradin, Immaculée, vor dem sicheren Tod gerettet. Der Roman endet mit den Lebensplänen der Protagonistin und denen von Immaculée. Immaculée entscheidet sich, in die Berge zu gehen und einer weißen Affenforscherin bei ihrem Projekt zum Schutz der Berggorillas zu helfen, während die Protagonistin nur daran denkt, durch Flucht in ein anderes Land der schwierigen Situation zu entkommen:

> »Mais toi, qu'est-ce que tu comptes faire? Tu ne dois tout de même pas abandonner ton diplôme. Tu sais que les militaires ont déclaré qu'ils avaient pris le pouvoir pour rétablir l'ordre. Ils vont calmer ceux qu'ils avaient excités, d'ailleurs, ceux-là, ils ont eu ce qu'ils voulaient: les places des Tutsis. […]
>
> Je ne veux plus de ce diplôme. Je vais aller chez mes parents pour leur dire adieu et je partirai au Burundi, au Zaïre, en Ouganda. N'importe où, là où je pourrais passer la frontière … Je ne veux plus rester dans ce pays. Le Rwanda, c'est le pays de la mort. Tu te souviens de ce qu'on nous racontait au catéchis-

Eifersüchtelei: la jalousie | **Affenforscher(in)**: le/la primatologue | **Berggorilla:** le gorille des montagnes (*f. pl.*)

> me: Toute la journée, Dieu parcourt le monde, mais chaque soir, il rentre chez lui, au Rwanda. Eh bien, pendant que Dieu voyageait, la Mort lui a pris sa place. Quand il est revenu, il lui a claqué la porte au nez. La Mort a établi son règne sur notre pauvre Rwanda. Elle a son projet, elle est décidée à l'accomplir jusqu'au bout. Je reviendrai quand le soleil de la vie brillera à nouveau sur notre Rwanda. J'espère que je t'y reverrai.«[32]

Es ist interessant, die Erzählperspektive, die Orte und Situationen des Romans *Notre-Dame du Nil* mit Gaël Fayes *Petit pays* zu vergleichen. Beide Romane ähneln sich in vielen Aspekten: Mukasonga erzählt in ihrem Roman das Leben der Hutu im Ruanda vor dem Militärputsch 1973. Hier wird klar, dass sich die Geschichte von Gewalt und ethnischer Verfolgung wiederholt – sie erinnert an Fayes Schilderung des Militärputsches in Burundi fast 20 Jahre später. Die Autorin Scholastique Mukasonga gehört derselben Generation wie Gabys Mutter Yvonne aus *Petit pays* und Gaël Fayes Mutter an. Der Wunsch nach Frieden nach den erlebten unaussprechlichen Grausamkeiten dominiert beide Romane. Mukasonga drückt diesen Wunsch, wie das vorangegangene Zitat zeigt, auch mit der Metapher der Sonne aus, die wieder über dem Land scheinen soll. Faye drückt diesen Wunsch mit der Metapher des Schnees aus, der Bujumbura bedecken soll. In seinem sehr poetischen letzten Brief an Laure beschwört er einen Zustand der Reinheit und der Unversehrtheit:

»Les flocons se posent délicatement à la surface des choses, recouvrent l'infini, imprègnent le monde de leur blancheur absolue jusqu'au fond de nos cœurs d'ivoire. Il n'y a plus ni paradis ni enfer. Demain, les chiens se tairont. Les volcans dormiront. Le peuple votera blanc. Nos fantômes en robe de mariée s'en iront dans le frimas des rues. Nous serons immortels. Depuis des jours et des nuits, il neige. Bujumbura est immaculée.« (S. 189,7–14)

Sonne (1973) und Schnee (1994) – beides konträre Bilder, die doch das Gleiche ausdrücken sollen: den Wunsch nach Frieden nach einer Zeit des Grauens.

Beata Umubyeyi Mairesse

Beata Umubyeyi Mairesse ist ebenfalls eine Überlebende des Genozids in Ruanda und wurde 1979 in Butare geboren, ist also der Generation Gaël Fayes zuzurechnen. Sie ging 1994 nach Frankreich und besuchte drei Jahre lang ein katholisches Gymnasium in der Nähe von Lille. Aufgrund eines Aufnahmeprogramms für Kinder aus Kriegsländern musste sie dort kein Schulgeld bezahlen. Sie schloss ihr Sciences Po-Studium mit einem Diplôme d'études supérieures spécialisées (DESS) in internationaler Zusammenarbeit ab und arbeitete für internationale NGOS, bevor sie 2007 nach Bordeaux ging. 2015 erschien ihre erste Samm-

Aufnahmeprogramm: le programme d'accueil (*m.*) | **Schulgeld:** les frais (*m. pl.*) de scolarité (*f.*) | **Sciences Po(litiques):** Politikwissenschaften | **NGO:** l'ONG (l'organisation non gouvernementale)

lung von Kurzgeschichten *Ejo.*[33] Das Kinyarwanda-Wort *ejo* bedeutet sowohl ›gestern‹ als auch ›morgen‹. Die Autorin versammelt in diesem Erzählband die Stimmen von Frauen von der Zeit vor und nach dem Genozid an den Tutsi in Ruanda. Für dieses Werk erhielt sie 2016 den Prix François Augiéras. Ihre zweite Sammlung von Kurzgeschichten, *Lézardes*, eine Art Porträt ihrer Generation ruandischer junger Frauen, wurde 2017 veröffentlicht. Es sind Kurzgeschichten mit märchenhaften Elementen, die entweder vor oder nach dem Genozid spielen. Wie für Gaël Faye war es auch für sie wichtig, die Auswirkung von Krieg und Zerstörung auf das Leben von Kindern und sehr jungen Erwachsenen zu erzählen. Ihr erster Roman, *Tous tes enfants dispersés*, erschien 2019.[34] Er erzählt die Familiengeschichte zwischen Frankreich und Ruanda über drei Generationen hinweg, erzählt von starken Frauen, die sich ihre Geschichte wieder aneignen. Der Roman erhielt mehrere Literaturpreise. Über diesen Roman schreibt Gaël Faye: »Une histoire qui dit toutes nos histoires« (Klappentext). Es handelt sich um einen autofiktionalen Roman: Blanche, die Protagonistin, ist eine 1994 aus Ruanda geflohene Ruanderin, die mit ihrem französischen Ehemann und ihrem Kind Stokely in Bordeaux lebt. Bei einem Besuch in der Heimat trifft sie ihre Mutter Immaculata, die dort geblieben ist, und wird im Ge-

Kurzgeschichte: la nouvelle | **märchenhaft:** féerique | **dispersé, e:** verstreut | **sich etw. aneignen:** s'approprier qc

spräch mit ihr mit der Vergangenheit, mit dem Genozid und seinen Auswirkungen konfrontiert. Der Roman zeigt die großen Schwierigkeiten, die die beiden Frauen haben, über das Unaussprechliche zu reden. Er thematisiert das Bleiben der einen und das Weggehen der anderen. Das Kind Stokely, zerrissen zwischen zwei Kontinenten, zwischen der Heimat seiner Mutter und der seines Vaters, will versuchen zu verstehen, wo es herkommt:

> »Ode aux mères persévérantes, à la transmission, à la pulsion de vie qui anime chacun d'entre nous, *Tous les enfants dispersés* porte les voix de trois générations tenant de renouer les liens brisés et de trouver leur place dans leur monde d'aujourd'hui.« (Klappentext)

Es gibt in dem Roman viele Anklänge an Jean Hatzfelds Berichte, d. h., dass Opfer von den brutalen Tötungen erzählen – hier aber eben im fiktionalen Stil. Der Beginn des Romans zeigt dies deutlich:

> »C'est l'heure ou la paix se risque dehors. Nos tueurs sont fatigués de leur longue journée de travail, ils rentrent laver leurs pieds et se reposer. Nous laissons nos cœurs s'endormir en un instant et attendons la nuit noire pour aller gratter le sol à la re-

Auswirkungen: les repercussions (*m. pl.*) | **das Unaussprechliche:** l'indicible (*m.*) | **Anklänge:** les références (*f. pl.*)

cherche d'une racine d'igname ou de quelques patates douces à croquer. D'une flaque d'eau à laper. Entre eux et nous, les chiens, qui ont couru toute la journée, commencent à s'assoupir. Le ventre lourd d'une ripaille humaine que leur race n'est pas près d'oublier. [...] Mais pour l'heure, la paix minuscule, clandestine, sait qu'il n'y a plus sur les sentiers aucune âme qui vive capable de la capturer. Alors elle sort saluer les herbes hautes qui redressent l'échine sur les collines saluer les oiseaux qui sont restés toute la journée la tête sous l'aile pour ne pas assister, pour ne pas se voir un jour sommés de venir témoigner à la barre d'un quelconque tribunal qui ne manquera pas d'arriver, saluer les fleurs gorgées d'eau et de saisons des pluies qui peinent à exhaler encore et malgré tout un parfum de vie là où la puanteur a tout envahi.«[35]

Die Autorin kontrastiert hier den Schrecken des Völkermords mit der zarten Hoffnung auf eine ›Erholung‹ des Landes, einen Regen, der irgendwann den Schrecken abwaschen kann und Hoffnung auf neues Leben gibt.

2022 erschien Umubyeyi Mairesses zweiter Roman, *Consolée*.[36] Dieser ebenfalls preisgekrönte Roman thematisiert den Lebensweg einer alten Frau,

l'igname *(f.)*: Jamswurzel | **laper:** schlabbern, schlürfen | **s'assoupir:** einschlafen | **la ripaille:** Gelage | **redresser l'échine** *(f.)*: das Rückgrat aufrichten | **sommer:** auffordern | **la puanteur:** Gestank

Astrida, die nun in einem Pflegeheim in Frankreich lebt. Während der belgischen Kolonialzeit wurde sie ihrer schwarzen Mutter weggenommen, um von weißen Nonnen in einem Kinderheim für »enfants mulâtres« aufgezogen zu werden. 65 Jahre später absolviert eine junge Senegalesin, Ramata, ein Praktikum in einem Pflegeheim im Südosten Frankreichs und trifft dort auf Astrida. Die alte Frau leidet an Alzheimer und kann nicht länger Französisch sprechen. Stattdessen spricht sie eine Sprache, die man in ihrem Umfeld nicht versteht. Ramata versucht herauszufinden, welche Sprache sie spricht und woher ihre Schwierigkeiten kommen. Als junge Schwarze, die in Frankreich lebt, bringt sie ihre Erfahrungen mit denen von Astrida zusammen und versucht, das Puzzle zu entwirren. Es ist eine sehr poetische Geschichte über das Thema der Entwurzelung und dem Leben zwischen zwei Kontinenten.

Cornélius Nyungura, alias **Corneille,** wurde 1977 in Freiburg als Sohn ruandischer Eltern geboren. 1983 ging er mit seiner Familie nach Ruanda zurück – eine fatale Entscheidung seiner Eltern, denn sie wurden Opfer des Genozids, den ihr Sohn als einziger überlebte. Danach ging Cornélius Nyungura nach Kanada und gründete die R'n'B-Band O.N.E. 2002 begann er

Corneille

Pflegeheim: l'Éhpad (*m.*; Établissement d'hébergement pour personnes âgées dépendantes) | **Kinderheim:** le foyer d'enfants | **mulâtre** (péj.): mulattisch (pej.) | **Entwurzelung:** le déracinement

eine Solo-Karriere und kam mit seinem im September 2002 erschienenen Album *Parce qu'on vient de loin* in Frankreich und der Schweiz in die Charts[37]. Er hatte bereits eine relativ lange Musikerkarriere hinter sich, als er auf Anraten seines Labelchefs den Verleger Bernard Fixot traf, der ihn überzeugen konnte, seine Geschichte nicht nur in Songs zu erzählen. Als Ergebnis entstand sein Buch *Là où le soleil disparait*, das 2016 erschien. Die Parallelen zu Gaël Faye sind deutlich. Corneille schreibt zu der Entstehung seines Buchs im Vorwort:

> »Je savais que les pages du génocide et du massacre de ma famille au Rwanda en 1994 m'attendaient. Je savais qu'écrire cette douleur passée, c'était mettre des petites cuillerées de pili-pili sur la chair encore fraîche d'une plaie que je voulais à tout prix croire fermée. Et sur le chemin de la rétrospective, j'ai trouvé d'autres plaies, et d'autres encore, vives, brûlantes. Ce livre, il m'aura fallu presque cinq ans pour le finir.«[38]

Während es sich bei Fayes *Petit Pays* um eine Autofiktion handelt, handelt es sich bei Corneilles Buch *Là où le soleil disparait* um seine Autobiografie, in der er sehr detailliert sein Leben im Zeichen des Völkermords und das Wunder seines Überlebens beschreibt, seine Karriere als Musiker, sein Leben in Deutschland,

la plaie: Wunde

Ruanda, Kanada. Es ist sehr berührend zu lesen, wie er sich den toten Eltern annähert. »Oui, j'ai décidé que mes parents étaient au paradis. Pour mieux parler aux morts, il faut se les imaginer dans un lieu où la vie est si quiète qu'ils ont beaucoup de temps pour écouter.«[39]

Aus Corneilles Buch erfahren wir auch sehr viel über die Absurdität von Ethnien, über ein sehr grausames Zusammenspiel von Zufall und rassistisch-kolonialem Irrsinn. Hier der Anfang des ersten Kapitels »Made in Deutschland«:

> »Je suis né de parents rwandais. Ma mère était hutue. Mon père était tutsi. Seulement voilà, … Dans les années 1960, au Rwanda, il valait mieux se réclamer hutu si l'on voulait se donner toutes les chances d'être quelqu'un un jour. Et mon papa avait de l'ambition. Il voulait obtenir une bourse d'études à l'étranger. Alors il troqua ses racines ethniques pour un peu d'opportunité sociale. Pour lui-même et pour sa future famille. Mon papa renonça à son ethnie d'origine et fit remplacer, dans la case ›ethnie‹ de sa carte d'identité, tutsi par hutu. A l'époque, la majorité des jeunes rwandais bénéficiant de bourses d'études à l'étranger, choisissait comme destination européenne l'ancien tonton-colon la Belgique, quelques-uns atterrissaient en France,

troquer: tauschen | **tonton-colon:** »kolonialistisches Onkelchen«

> tandis que les plus aventuriers se retrouvaient en URSS. Pas mon papa. En 1976 Emile Nyungura et sa douce Pascasie Mukarubuga prirent l'avion pour l'Allemagne de l'Ouest. Aurait-il obtenu sa bourse d'étude s'il était resté fidèle à ses origines éthniques? S'il était resté, administrativement, tutsi? Je ne le saurai jamais.«[40]

Corneille schreibt in lakonischem Stil zum einen informierend über die Zustände im Ruanda der 1960er Jahre, zum anderen aber auch ironisch-liebevoll über seine Eltern, die den recht ungewöhnlichen Entschluss fassten, nach Deutschland zu gehen. Er charakterisiert den Vater als ehrgeizigen jungen Mann sehr gut, die ehemaligen Kolonialherren werden ironisch als »tonton-colon« bezeichnet. Die rhetorischen »Was wäre wenn?«-Fragen am Ende verdeutlichen die Willkür und die Unerklärbarkeit des Schicksals. Auch die Tatsache, dass es so einfach war, die ethnische Zugehörigkeit willkürlich zu verändern, zeigt die Absurdität dieser Zuordnungen.

9. Prüfungsaufgaben mit Lösungshinweisen

Aufgabe 1

Leistungsmessung: Beata Umubyeyi Mairesse: *Ejo*

Sœur Anne – Ne vois-tu rien venir?

L'extrait suivant est tiré d'un recueil de nouvelles de l'écrivaine rwandaise Beata Umubyeyi Mairesse intitulé »Ejo«. C'est une lettre d'une religieuse belge qui a travaillé sur une »terre de mission« au Rwanda entre 1983 et 1994 et qui a dû quitter le pays à cause des massacres pour s'enfuir au Cameroun.

Douala, le 30 décembre 1994

Ma chère sœur,

Je t'envoie mes vœux de Nativité avec un peu de retard. Je souffre beaucoup de mes rhumatismes au Cameroun, Douala étant une ville très humide. Quand je laisse mes sandales en cuir quelques jours sur le balcon, je les retrouve couverte d'une fine pellicule de mousse c'est atroce. Je dors très mal je ne cesse de penser à mon pauvre pays. Cela te semble-t-il étrange que je parle ainsi du Rwanda? J'y ai laissé des amis chers et puis tout ce que j'y avais construit est parti en fumée … Oui finalement, c'était devenu ma patrie de cœur.

Le médecin français que je consulte ici dit que je souffre d'un choc post-traumatique. Je me remémore souvent notre évacuation de Butare, cette longue queue de véhicules d'expatriés qui attendaient le signal du départ dans la rue principale, les connaissances ou amis qui priaient qu'on emmène avec nous leurs enfants pour les sauver et moi qui baissais les yeux sur mon volant évitant à tout prix de croiser un regard connu. Comment l'être humain a-t-il pu créer un tel enfer dans ce petit paradis dont les filles et les fils avaient appris qu'il était la demeure d'Imana, l'unique Dieu du Rwanda, où il venait toujours de reposer après sa journée de travail?

Je lisais dernièrement dans le journal que dans certains diocèses déjà, des hommes et des femmes d'Église commençaient à organiser une pastorale du pardon durant laquelle ils invitent des chrétiens de leur paroisse à venir dire au prêtre s'ils ont tué, trahi où pillé. Apparemment, nombreux sont ceux qui avouent avoir volé des meubles et même frappé leurs voisins tutsi. Des sessions de prière sont organisées dans les quartiers et se terminent par le sacrement de réconciliation et une eucharistie. Tu vois, la foi est restée vivace et malgré mon désarroi devant les images de la télé, j'ai continué à croire que le Christ aurait le dessus.

J'ai beaucoup de mal à imaginer tous ces baptisés entraînés à prendre part aux tueries. Certaines mauvaises langues vont jusqu'à dire que des prêtres et des religieuses ont participé à des actes barbares...

J'ai croisé hier à l'évêché le professeur Pierre Kizito, que vous aviez hébergé lors de son stage à l'hôpital d'Arras, il doit y avoir 10 ans. Te souviens-tu de lui? Ma joie a été grande lorsqu'il m'a appris qu'il avait réussi à faire venir toute sa famille avec lui au Cameroun. Il m'a raconté leur terrible exil jusqu'ici. Tu sais que c'était un haut dignitaire du parti présidentiel. Ils avaient quitté Butare en mai pour rejoindre le gouvernement intérimaire à Gitarama puis quand il a été évident qu'il perdrait la guerre contre les rebelles, ils ont intégré la file interminable de fuyards qui rejoignaient le Zaïre. Tu as dû voir à la télévision ces images de familles entières harassées par la faim, massacrées par le choléra. Pierre et sa famille ont dû abandonner tous leurs biens au pays. Leurs familles élargies sont restées dans les camps au Zaïre. Il venait demander de l'aide à l'évêché et il m'a dit qu'il espérait plus tard aller s'installer en France dès qu'il trouverait une famille charitable pour leur fournir les papiers de prise en charge indispensables à l'obtention d'un visa. Je crois qu'il pensait à vous.

Quand j'ai raconté cette rencontre à Clarisse, ma consœur tutsi avec laquelle je suis arrivée à Douala, elle m'a dit avec une grande amertume: »Il paraît qu'il est de ceux qui ont organisé les tueries des étudiants tutsi de l'université.« Je n'ai pas trop su que lui répondre. Elle est très bouleversée, elle a appris la semaine dernière que tous les membres de sa famille ont été massacrés. Sa petite sœur était sur le point de boucler une licence à l'université de Butare. Je pense que le chagrin obscurcit son cœur et l'empêche de pardonner. J'ai donné votre nouvelle adresse à Pierre qui vous contactera sans doute prochainement. Tu verras ce que tu veux et peux faire....

Recevez mes souhaits de santé et prospérité pour l'année 1995. Que le seigneur garde ta famille dans sa paix et vous apporte chaque jour un peu de bonheur.

Beata Umubyeyi Mairesse: Ejo. Suivi de Lézardes et autres nouvelles. Autrement, 2020. S. 47–52. – © Beata Umubyeyi Mairesse, 2020. © Autrement, un département de Flammarion, 2020 pour l'édition en langue

Vocabulaire:

129,3 **Nativité:** Noël | 129,7 **la mousse:** Schaum | 129,11 **partir en fumée:** partir définitivement; la fumée: Rauch | 130,22 **la demeure:** le lieu où on habite | 130,27 **la pastorale:** Gottesdienst | 130,34 **le désarroi:** Verwirrung | 130,46 f. **le dignitaire:** le fonctionnaire | 131,52 **harassé,e:** erschöpft, ausgelaugt | 131,58 **la prise en charge:** le soutien | 131,68 **boucler une licence:** einen (Universitäts-)Abschluss machen

Arbeitsauftrag:

I. Compréhension:

Consigne: Quels sont les sentiments que la sœur Anne ressent envers le Rwanda?

II. Analyse:

Consigne: Exposez la situation au Rwanda perçue par la sœur Anne en 1994 en tenant compte de la structure de la lettre et des moyens stylistiques et argumentatifs du texte.

III. Rédaction:

Consigne: Dans la lettre de la sœur Anne il est question de deux genres de réfugiés – ceux qui ont participé aux »actes barbares« (S. 130,40) comme p. ex Pierre Kizito et ceux qui ont dû subir ces atrocités. Imaginez une rencontre entre un coupable et une victime au Zaïre après la fuite. Écrivez un dialogue entre les deux qui a pour sujet la culpabilité.

Lösungshinweise

1.) Dans sa lettre, la sœur Anne parle des sentiments qu'elle a pour le Rwanda. Elle l'appelle »mon pauvre pays« (129,8), elle regrette le temps avant le génocide. Elle a laissé ses amis ainsi que tout ce qu'elle possédait au Rwanda. Le pays est détruit (129,11). Le Rwanda est sa »patrie de cœur« (129,12) – elle attribue beaucoup de sentiments très positifs à ce pays. Elle raconte les images qu'elle revoit: images de l'évacuation de Butare (129,15–20) et le sentiment de l'injustice d'appartenir à ceux qui ont pu quitter la ville et le pays. Elle décrit aussi le sentiment de honte (130,19; 130,34)

2.) On peut partager la lettre en trois parties. **Dans la première partie** (129 f.,1–24) elle décrit sa situation personnelle au Cameroun et ses sentiments pour le Rwanda. La lettre est marquée par une structure binaire décrivant d'un côté la beauté et de l'autre l'atrocité, p. ex. avec l'antagonisme très fort de »paradis« et »enfer« Avec la question rhétorique visant l'humanité en général elle renforce cet antagonisme et l'injustice qu'elle ressent.

La deuxième partie de sa lettre (130,25–36) est consacrée à la description du comportement des gens et surtout la réaction de l'Église aux événements. Le mot-clé est »la réconciliation« (130,33) Elle décrit cela de manière très détaillée pour montrer à sa sœur qu'elle croit encore en Dieu et qu'avec la foi on peut facer toutes les atrocités.

Dans la troisième partie (130 f.,41–72) elle nomme un exemple concret d'un homme, haut dignitaire du gouvernement intérimaire qui a dû quitter le pays pour le Zaïre et qui veut s'exiler en France. Avec un langage très imagé elle décrit sa fuite en donnant des exemples vus à la télévision (»harassées par la faim«, »massacrées par le choléra«). Elle écrit aussi qu'on reproche à cet homme d'avoir organisé les massacres à l'université (131,63–67) pour en venir à son appel d'aide pour cet homme malgré tout. (131,70–72)

3.) Es wäre bei dieser Aufgabe denkbar, dass die Schülerinnen und Schüler sich die Situation vorstellen, wie sie im Brief beschrieben und in *Petit pays* ja auch angesprochen wird. Es kann auch sein, dass sie Berichte von geflüchteten Opfern und Tätern z. B. in Südamerika nach dem kennen. Auf jeden Fall kann hiermit gut die Schuldfrage erörtert werden.

Aufgabe 2

Arbeitsauftrag:
Regardez et écoutez *Gaël Faye – Petit Pays* en YouTube: https://youtu.be/XTF2pwr8lYk

Pendant l'écoute

1. Écoutez le refrain de la chanson et notez vos associations et vos sentiments en entendant la musique.

2. Décrivez la musique (la mélodie, la/les voix, les instruments) et notez votre impression concernant la langue. Vous pouvez utiliser une partie du vocabulaire encadré. Faites aussi

> vivant/e; gai/e; / triste;
> mélancolique / les instruments: …;
> la/les voix;
> le paysage; le jeune homme qu'on voit de dos;
> les couleurs;
> la perspective de la caméra

3. Regardez et écoutez le premier couplet (0:42–1:21), puis cochez les sujets dont l'interprète parle:

une feuille et un stylo	☐	mon exil	☐	les grands lacs	☐
un ordinateur	☐	la mer	☐	une lettre	☐
une carte postale	☐	la terre natale	☐	le tournesol	☐
souvenirs	☐	bougainvilliers	☐	bouquin plié	☐
la fin	☐	le début	☐	Saint-Denis	☐
Nos volcans	☐	Paris	☐	Petit Pays	☐

4. Regardez et écoutez le deuxième couplet (1:22–2:13). Quelle image Gaël Faye peint-il de son pays natal?

5. Écoutez le troisième couplet (2:14–4:07) et notez des paroles qui évoquent

   a) la mort: ....
   b) l'écriture: ....
   c) la lumière: ....

6. Complétez les paroles du dernier refrain:

Petit pays
Quand tu ________________, je________________
Quand tu ________________, je ________________
Quand tu ________________, je ________________
Quand tu ________________, je ________________
Petit pays, je ______________ de tes blessures
Petit pays, je ______________ ça j'en suis sûr

7. Dans la chanson, le chanteur parle de son pays natal, de son »petit pays«.
   - Dégagez les sentiments qu'il évoque et formulez des hypothèses concernant son passé qui pourraient expliquer le contraste entre les images et certaines paroles.
   - Selon vous, quel est le rôle de l'écriture pour ce chanteur? Justifiez votre point de vue en vous référant aux paroles.

Leistungsmessung: Les paroles du clip »Petit pays«: Compréhension de l'écrit et analyse:

Arbeitsauftrag:
Travaillez avec les paroles du clip.

Le titre de la chanson est »Petit pays«. Regardez les définitions proposées par le dictionnaire Larousse pour l'adjectif »petit«. A quoi le roman / Gaël Faye pourrait-il se référer?

petit, petite
adjectif
(bas latin **pittitus*, du radical *pitt-* exprimant la petitesse)

1. Qui a des dimensions moindres que la taille, les dimensions moyennes: Un petit cheval.
   Synonymes: court – courtaud – microscopique – minuscule
   Contraires: élancé – élevé – grand – haut – long

2. Qui n'a pas encore achevé sa croissance: Tu es trop petit pour traverser tout seul.
   Synonymes: enfant – jeune
   Contraires: adulte – âgé – vieux

[...]

6. Qui est peu connu: Un petit vin.
   Synonyme: ordinaire
   Contraires: fabuleux – luxueux – merveilleux – qualifié – réputé – supérieur

7. Qui occupe un rang inférieur dans l'échelle des valeurs sociales, qui reçoit une faible rémunération: C'est un petit fonctionnaire.
   Synonymes: humble – modeste – obscur
   Contraires: gros – important – noble – puissant – riche

[...]

9. Avec une valeur affective, peut indiquer l'importance d'un détail, de ce qui pourrait passer inaperçu: Avoir de petites attentions pour son mari; l'amitié, l'affection:

Salut, petit frère!; le goût pour quelque chose: Préparer de bons petits plats; l'apitoiement pour ce qui est menu: Un pauvre petit visage; le mépris pour quelqu'un qu'on a envie de rabaisser: Petit misérable!
Synonymes: bref – court – simple
Contraires: grandiose – imposant – long – magnifique – majestueux – pompeux – prolongé

Artikel »petit, petite«. In: Larousse. www.larousse.fr/dictionnaires/francais/petit/59948 (Stand: 23. 4. 2024).

Paroles de la chanson »Petit Pays«:

[Refrain:]

Gahugu gatoyi Gahugu gatoyi	(Petit pays)
Gahugu kaniniya	(Grand pays)
Warapfunywe ntiwapfuye	(Tu as été froissé mais tu n'es pas mort)
Waragowe ntiwagoka	(Tu as souffert, mais la souffrance ne t'a pas abattu)
Gahugu gatoyi	(Petit pays)
Gahugu kaniniya	(Grand pays)

1.

Une feuille et un stylo apaisent mes délires d'insomniaque
Loin dans mon exil, petit pays d'Afrique des Grands Lacs
Remémorer ma vie naguère avant la guerre

Trimant pour me rappeler mes sensations sans rapatriement
Petit pays je t'envoie cette carte postale
Ma rose, mon pétale, mon cristal, ma terre natale
Ça fait longtemps les jardins de bougainvilliers
Souvenirs renfermés dans la poussière d'un bouquin plié
Sous le soleil, les toits de tôles scintillent
Les paysans défrichent la terre en mettant l'feu sur des brindilles
Voyez mon existence avait bien commencé
J'aimerais recommencer depuis l'début, mais tu sais comment c'est
Et nous voilà perdus dans les rues de Saint-Denis
Avant qu'on soit séniles on ira vivre à Gisenyi
On fera trembler le sol comme les grondements de nos volcans
Alors petit pays, loin de la guerre on s'envole quand?

[Refrain]

II.
Petit bout d'Afrique perché en altitude
Je doute de mes amours, tu resteras ma certitude
Réputation recouverte d'un linceul
Petit pays, pendant trois mois, tout l'monde t'a laissé seul
J'avoue j'ai plaidé coupable de vous haïr
Quand tous les projecteurs étaient tournés vers le Zaïre
Il fallait reconstruire mon p'tit pays sur des ossements
Des fosses communes et puis nos cauchemars incessants
Petit pays: te faire sourire sera ma rédemption

Je t'offrirai ma vie, à commencer par cette chanson
L'écriture m'a soigné quand je partais en vrille
eulement laisse-moi pleurer quand arrivera ce maudit mois d'avril
Tu m'as appris le pardon pour que je fasse peau neuve
Petit pays dans l'ombre le diable continue ses manœuvres
Tu veux vivre malgré les cauchemars qui te hantent
Je suis semence d'exil d'un résidu d'étoile filante

[Refrain]

III.
Un soir d'amertume, entre le suicide et le meurtre
J'ai gribouillé ces quelques phrases de la pointe neutre de mon feutre
J'ai passé l'âge des pamphlets quand on s'encanaille
J'connais qu'l'amour et la crainte que celui-ci s'en aille
J'ai rêvé trop longtemps d'silence et d'aurore boréale
À force d'être trop sage j'me suis pendu avec mon auréole
J'ai gribouillé des textes pour m'expliquer mes peines
Bujumbura, t'es ma luciole dans mon errance européenne
Je suis né y'a longtemps un mois d'août
Et depuis dans ma tête c'est tous les jours la saison des doutes
Je me navre et je cherche un havre de paix
Quand l'Afrique se transforme en cadavre
Les époques ça meurt comme les amours
Man j'ai plus de sommeil et je veille comme un zamu

Laissez-moi vivre, parole de misanthrope
Citez m'en un seul de rêve qui soit allé jusqu'au bout
du sien propre

[Refrain x 3]

www.paroles.net/gael-faye/paroles-petit-pays (Stand: 23.4.2024). –

Vocabulaire:
139,10 **trimer:** Travailler dûr pour qc.; essayer | 139,10 **le rapatriement:** Ausweisung (aus dem Herkunftsland) | 139,13 **le bougainvillier:** Bougainvillea, rote oder lila-farbene Pflanze | 139,14 **le bouquin:** le livre | 139,14 **plier:** zusammenfalten, schließen | 139,15 **le tôle:** Blech | 139,15 **scintiller:** glitzern | 139,16 **défricher:** pflügen | 139,16 **la brindille:** petite branche (Reisig) | 139,20 **Gisenyi:** ville au Rwanda | 139,21 **le grondement:** Grollen, Toben | 139,25 **le linceul:** Leichentuch | 139,29 **les ossements:** (m. pl.) Gebeine, Knochen (un os: Knochen) | 139,31 **la rédemption:** (Wiede-r)Auferstehung | 140,33 **partir en vrille:** ins Schleudern kommen | 140,35 **faire peau neuve:** ein anderer Mensch werden | 140,37 **hanter qn.:** jdn. verfolgen | 140, **la semence:** Saat | 38 **le résidu:** le reste | 140,38 **une étoile filante:** Sternschnuppe | 140,40 **gribouller:** fam.: écrire | 140,41 **s'encanailler:** schlechten Umgang haben | 140,43 **boréal,e:** au nord | 140,44 **une auréole:** Heiligenschein | 140,46 **la luciole:** Glühwürmchen, Leuchtpunkt | 140,49 **se na-**

vrer: bestürzen, zur Verzweiflung bringen | 140,52 **le zamu:** le gardien | 141,53 **le misanthrope:** Menschenfeind

couplet no 1

Lisez attentivement le premier couplet:

a) Présentez les informations sur la situation actuelle et le passé du chanteur.
b) Analysez les sentiments et les souvenirs du chanteur en tenant compte du lexique et des figures de style.

couplet no 2

Lisez attentivement le deuxième couplet:

a) Dans ce couplet, le chanteur parle du génocide au Rwanda en 1994. Relevez les paroles qui y font allusion et expliquez-les en tenant compte des moyens stylistiques.
b) Analysez le rôle que le »Petit Pays« joue pour le chanteur. Tenez compte des moyens stylistiques.

couplet no 3

Lisez attentivement le troisième couplet.

a) Décrivez les sentiments du chanteur qui a dû quitter son pays natal lors du génocide en 1994.
b) Concentrez-vous sur la deuxième partie du couplet: Analysez la relation du chanteur avec son pays natal d'un côté et avec l'Europe de l'autre côté qui s'exprime dans le vers »Bujumbura, t'es ma luciole dans mon errance européenne«. Tenez compte des informations de la strophe et des métaphores.
c) Dans la première partie du couplet, le chanteur parle

aussi de l'importance qu'il attribue à l'écriture. Analysez ce rôle en tenant compte des moyens stylistiques.

Vocabulaire:
140,46 **Bujumbura:** la plus grande ville du Burundi et la capitale de ce pays jusqu'en 2018

Lösungshinweise

Compréhension de l'écrit et analyse:

Strophe no 1

- Il vit à Saint-Denis en France, loin de son pays natal.
- C'est une personne qui ne va pas bien parce qu'elle n'arrive pas à dormir.
- Il écrit. Peut-être que son passé le pousse à écrire.
- Le fait d'écrire le calme, l'apaise.
- Il est originaire d'un petit pays en Afrique situé dans la région des Grands Lacs.
- Il a quitté ce pays il y a longtemps.
- Avant la guerre dans son pays natal, il était heureux.

Les sentiments du chanteur en France:

- »mes délires d'insomniaque« – le chanteur est tourmenté par ses souvenirs, ses sentiments, ses rêves
- »mon exil« – la métaphore évoque l'impossibilité de rentrer dans son pays natal, le sentiment de l'exclusion; »nous voilà perdus dans les rues de Saint-Denis« – la métaphore »perdus« fait allusion à une personne qui ne se sent pas vraiment chez elle en France

- L'écriture semble calmer les sentiments et les mauvais souvenirs qui le hantent: elle »apaise[]«.
- Il souhaite »recommencer depuis l'début«: il aimerait retourner dans le passé et recommencer au début: vivre une meilleure vie que la sienne.
- Il a envie de voyager dans son pays natal avant d'être trop vieux (139,20).

Les souvenirs de son pays natal:

- Le chanteur a des souvenirs très positifs de la vie au Burundi: la chaleur, le beau temps, la lumière, une nature riche: »les jardins de bougainvilliers«, »Sous le soleil, les toits de tôles scintillent / Les paysans défrichent la terre en mettant l'feu sur des brindilles«
- »Ma rose, mon pétale, mon cristal, ma terre natale« – l'énumération de métaphores pour désigner le Burundi évoque un beau pays fleuri, précieux et riche où la vie est agréable. La rime »-al« attire l'attention sur les belles images et intensifie l'impression de beauté.

Strophe no 2

- La métaphore »recouverte d'un linceul« et l'évocation des »ossements des fosses communes« évoquent les massacres et la mort d'un peuple.
- Les massacres ont duré trois mois. Selon le chanteur, les autres pays ont ignoré les évènements: »pendant trois mois, tout l'monde t'a laissé seul«.
- Le chanteur s'adresse au Burundi en le tutoyant comme s'il parlait à un parent ou un ami.
- rôle important, existentiel du Burundi: »je t'offrirai ma vie«

- Son engagement pour une meilleure vie (la métaphore du »sourire«) au Burundi l'aide à se reconstruire; il a comme une dette envers son pays: »te faire sourire sera ma rédemption«
- Pour le chanteur, l'acte du pardon (pour les génocidaires probablement) est la condition de changer, de se réconcilier avec la vie et de se reconstruire: »Tu m'as appris le pardon pour que je fasse peau neuve« – pardonner à quelqu'un veut dire que l'autre a commis une faute.
- L'écriture et la musique consacrée au Burundi constituent des remèdes (»soigné« – métaphore) contre le désespoir du chanteur: »Je t'offrirai ma vie, à commencer par cette chanson / L'écriture m'a soigné quand je partais en vrille«
- Les métaphores de la »semence« et de l'»étoile filante« expriment l'espoir d'une vie future, le soutien enrichissant que le chanteur aimerait apporter à son pays: »Je suis semence d'exil d'un résidu d'étoile filante«

Strophe no 3

- amertume / désespoir: situation »entre le suicide et le meurtre«, le désespoir (»Je me navre«, »À force d'être trop sage j'me suis pendu avec mon auréole«)
- doutes: »Je suis né y'a longtemps un mois d'août / Et depuis dans ma tête c'est tous les jours la saison des doutes«.
- manque de confiance; pour lui, l'amour est lié à la peur de le perdre: »J'connais qu'l'amour et la crainte que celui-ci s'en aille«.

- une conséquence: il est insomniaque: »j'ai plus de sommeil et je veille comme un zamu«

D'une manière générale, on peut dire que le chanteur ne va pas bien, qu'il est désespéré. Il n'arrête pas de se poser des questions sans jamais trouver du repos. Pourtant, il connaît l'amour, mais ce sentiment est toujours accompagné par la peur de le perdre. Donc, les moments heureux dans son existence actuelle sont aussi caractérisés par le doute.

- »ma luciole« – une métaphore qui évoque un point de lumière dans la nuit
- Dans le contexte de la strophe où le chanteur parle de ses tourments et de ses doutes et où il évoque plusieurs fois la nuit (»Un soir«, »j'ai plus de sommeil et je veille«) et les rêves (»j'ai rêvé«), cette métaphore montre que pour le chanteur, l'imagination ou le souvenir de Bujumbura représentent un contraste par rapport à sa situation actuelle: de l'espoir.
- »mon errance européenne« – La métaphore de l'»errance« montre que le chanteur n'a jamais considéré l'Europe comme un chez-soi, qu'il n'y a jamais trouvé un moment de repos et qu'il continue à traverser le continent en cherchant ce qu'il appelle: »un havre de paix«. La métaphore du »havre« évoque une arrivée définitive et le repos après un long voyage. Cela veut dire que toute sa vie, il n'a jamais coupé le lien de son identification avec son pays natal. Ses souvenirs et son imagination l'y ramènent constamment.
- Le chanteur désigne l'outil avec lequel il écrit de »poin-

te neutre de mon feutre«. L'adjectif »neutre« qui est souligné par la rime (»feutre«) laisse supposer que l'écriture permet au chanteur de regarder de manière objective son passé, les évènements et sa situation actuelle ce que ses sentiments ne lui permettent pas.

- Dans le vers »J'ai gribouillé des textes pour m'expliquer mes peines«, il dit explicitement que l'écriture lui permet de réfléchir et d'analyser sa situation psychique. La conjonction »pour« souligne l'objectif psychologique.

10. Literaturhinweise/Medienempfehlungen

Über Gaël Faye

Gaël Faye. Quand deux fleuves se rencontrent. 14. 5. 2014. https://vimeo.com/95279810 (Stand: 23. 4. 2024). [Film über die Tournee, die Gaël Faye 2014 mit Edgar Sekloka nach Burundi und Ruanda gemacht hat.]

Cochaud, Emilie: Rwanda: pourquoi devient-il une destination tendance? In: 20 minutes. 10. 5. 2019. www.20minutes.fr/voyage/2514031-20190510-rwanda-pourquoi-devient-destination-tendance (Stand: 23. 4. 2024). [Kleine Dokumentation über das heutige Ruanda und seine touristischen Attraktionen.]

Gaël Faye. In: Wikipedia. https://de.wikipedia.org/wiki/Gaël_Faye [Deutsch]; https://fr.wikipedia.org/wiki/Ga%C3%ABl_Faye [Französisch] (Stand: 23. 4. 2024).

Krivian, Astrid: Gaël Faye: »L'écriture apporte la complexité qui nous manque«. In: Le Point. 14. 8. 2021. www.lepoint.fr/afrique/gael-faye-l-ecriture-apporte-la-complexite-qui-nous-manque-14-08-2021-2438876_3826.php (Stand: 23. 4. 2024).

La Grande Librairie: La révélation Gaël Faye avec son roman Petit pays. In: YouTube. 2. 9. 2016. https://youtu.be/onYVL-W7fPQ (Stand: 23. 4. 2024). [Interview in La Grande Librairie.]

Meyer, Frank [im Gespräch mit Gaël Faye]: Burundi, ein verlorenes Paradies. In: Deutschlandfunk Kultur. 16. 10. 2017. www.deutschlandfunkkultur.de/gael-faye-kleines-land-burundi-ein-verlorenes-paradies-

100.html (Stand: 23. 4. 2024). [Sehr interessantes Interview, in dem G. F. viel über seine Identität, über Identitäten spricht.]

Neuhauss, Charlotte: Kleines Land, große Klischees. In: literaturkritik.de. 5. 10. 2017. https://literaturkritik.de/kleines-land-grosse-klischees,23763.html (Stand: 23. 4. 2024). [Einzige negative Kritik, die ich im deutschsprachigen Raum gefunden habe. Meines Erachtens unbegründet.]

Normand, Patrice / Opale: PORTRAIT. Gaël Faye, l'écriture pour la vie. In: Le Journal du Dimanche. 11. 9. 2016. www.lejdd.fr/culture/portrait-gael-faye-lecriture-pour-la-vie-103892 (Stand: 23. 4. 2024).

Piper Verlag: Ruanda heute. In: Piper.de. 8. 10. 2017. www.piper.de/der-franzoesische-schriftsteller-gael- faye-im-kurzportrait# (Stand: 23. 4. 2024).

Piper Verlag: Gaël Faye im Interview zu »Kleines Land«. In: YouTube. 17. 11. 2017. https://youtu.be/yEGqAZNUAdM (Stand: 23. 4. 2024). [Interview mit Piper-Verlag.]

Weber, Antje: Länder-Sache. In: Süddeutsche Zeitung. 20. 10. 2017. www.sueddeutsche.de/kultur/literatur-laender-sache-1.3717685 (Stand: 23. 4. 2024).

Zisman, Marc: Gaël Faye, rappeur tout en finesse. In: Télérama. 18. 5. 2013. www.telerama.fr/musique/gael-faye-rappeur-tout-en-finesse,97477.php (Stand: 23. 4. 2024).

Über Burundi

Burundi: Gesamtbevölkerung von 1950 bis 2022 und Prognosen bis 2050. In: Statista. 2024. https://de.statista.com/statistik/daten/studie/417594/umfrage/gesamtbevoelkerung-von-burundi/ (Stand: 23. 4. 2024). [Burundi-Statistik.]

Hofmeier, Rolf: Wahlen in Burundi: Rückschlag für die Demokratie. In: GIGA Focus Afrika 6 (2010) S. 1. www.giga-hamburg.de/assets/pure/24554634/gf_afrika_1006.pdf (Stand: 23. 4. 2024). [Über Wahlen in Burundi 2010.]

Andere Bücher/Beiträge mit ähnlicher Thematik

Über den Genozid

AFP: 25 ans après, comment les jeunes Rwandais vivent-ils avec le poids du génocide? In: GEO. 5. 4. 2019. www.geo.fr/histoire/25-ans-apres-comment-les-jeunes-rwandais-vivent-ils-avec-le-poids-du-genocide-195171 (Stand: 24. 4. 2024. [Artikel in GEO mit Video über den Genozid.]

Blakemore, Erin: Quelle est la définition exacte d'un génocide – et pourquoi est-ce si difficile à prouver? In: National Geographic. 25. 4. 2022. www.nationalgeographic.fr/histoire/quelle-est-la-definition-exacte-dun-genocide-et-pourquoi-est-ce-si-difficile-a-prouver (Stand: 23. 4. 2024). [Definition des Wortes

»Genozid« – warum es schwierig ist, das Wort zu verwenden. V. a. im Hinblick auf den Nahohstkonflikt und der neuerlich umstrittenen Verwendung des Begriffs »Genozid« ist diese Dokumentation sehr interessant.]

C'est où, le Rwanda?. In: 1jour1actu.com. 5. 4. 2019. www.1jour1actu.com/monde/cest-ou-le-rwanda (Stand: 23. 4. 2024). [Kurzes Video über die Zusammenhänge des Genozids.]

GEO/AFP: Rwanda: au mémorial de Kigali, le souvenir de l'horreur du génocide. In: GEO. 27. 5. 2021. www.geo.fr/histoire/rwanda-au-memorial-de-kigali-le-souvenir-de-lhorreur-du-genocide-204916 (Stand: 23. 4. 2024). [Über das Mémorial von Kigali und über die Wichtigkeit der Erinnerungskultur.]

Gurdjian, Chloé: Les 3 infos à savoir sur le génocide au Rwanda. In: GEO. 22. 11. 2021. www.geo.fr/geopolitique/les-3-infos-a-savoir-sur-le-genocide-au-rwanda-207178 (Stand: 23. 4. 2024).

Hatzfeld, Jean: Dans le nu de la vie. Récits des marais ruandais. Paris: Seuil, 2000. [Berichte von Überlebenden des Völkermords.]

– Une saison de machettes. Paris: Seuil, 2005. [Interviews mit Tätern des Völkermords.]

Journal de 20 heures: Le génocide des Tutsi au Rwanda. [11. 5. 1994.] In: Lumni Enseignement. 28. 3. 2024. https://enseignants.lumni.fr/fiche-media/0000000776/le-genocide-des-tutsis-au-rwanda.html#eclairage (Stand: 23. 4. 2024). [Nachrichtensendung von 1994, in der über den Genozid berichtet wird – zum Teil schwer zu ertragende Bilder.]

Kaspar, Frank: Die Stimme des Völkermords. In: Deutschlandfunk Kultur. 22. 4. 2014. www.deutschlandfunkkultur.de/ruanda-die-stimme-des-voelkermords-100.html (Stand: 23. 4. 2024). [Über das Hetzradio, das gezielt zum Morden aufrief.]

Schneider, Gerd / Toyka-Seid, Christiane: Genozid. In: Das junge Politik-Lexikon von hanisauland.de. Bonn: Bundeszentrale für politische Bildung, 2024. www.bpb.de/kurz-knapp/lexika/das-junge-politik-lexikon/320383/genozid/ (Stand: 23. 4. 2024). [Definition von Genozid.]

Über den Film

francesca albini: Interview avec Eric Barbier, réalisateur du film *PETIT PAYS*. In: YouTube. 7. 8. 2021. https://youtu.be/VcLOr_BK7-w (Stand: 23. 4. 2024). [Interview mit Eric Barbier.]

L'invité: »Eric Barbier et Gaël Faye: ›Notre petit Pays‹«. In: YouTube. 7. 9. 2020. https://youtu.be/dqVZcODBmUU (Stand: 23. 4. 2024). [Interview Barbier/Faye.]

Seidel-Hollaender, Gabriela: Hetzer am Mikrofon haben Genozid angestachelt. In: Der Spiegel. 14. 8. 2014. www.spiegel.de/lebenundlernen/uni/voelkermord-in-ruanda-theatermacher-milo-rau-rekonstruiert-hate-radio-a-981068.html (Stand: 23. 4. 2024). [Spiegelartikel über das Theaterstück von Milo Rau.]

TheatreCroixRousse: Hate Radio – Milo Rau. In:

YouTube. 26. 8. 2022. https://youtu.be/yqOs_elgO4c (Stand: 23. 4. 2024). [Über Milo Raus Theaterstück über das Hate-Radio.]

Literarische Verarbeitung des Genozids

Corneille: Là où le soleil disparait. Autobiographie. Paris: XO Éditions, 2016. [Weiterführend hierzu: WLAB: Corneille – Parce qu'on vient de loin. In: YouTube. 3. 5. 2011. https://youtu.be/WDr3qCcXKXk (Stand: 23. 4. 2024).]

Mukasonga, Scholastique: Inyenzi ou les Cafards. Paris: Gallimard, 2006.

– La Femme aux pieds nus. Paris: Gallimard, 2008.

– Notre-Dame du Nil. Paris: Gallimard, 2012.

Talmasse, Gaspard: Le grand voyage d'Alice [Bande dessinée]. Saint-Avertin: La Boîte à Bulles, 2021. [Der Autor erzählt die Geschichte seiner Frau, die aus einer ruandischen Hutu-Familie stammt und die als 5-Jährige ihr Land wegen der Massaker verlassen musste. Ein sehr bewegende Geschichte, eindrücklich gezeichnet und erzählt.]

Umubyeyi Mairesse, Beata: Ejo. Suivi de Lézardes et autres nouvelles. Paris: Éditions Autrement, 2020.

– Tous tes enfants dispersés. Paris: Éditions Autrement, 2019.

– Consolée. Paris: Éditions Autrement, 2022.

Über Identität(en) und Identitätszuschreibungen

Appiah, Kwame Anthony: Identitäten. Die Fiktionen der Zugehörigkeit. Übers. von Michael Bischoff. München: Hanser Berlin, [3]2021.

Faloyin, Dipo: Afrika ist kein Land. Übers. von Jessica Agoku. Berlin: Suhrkamp, 2023.

11. Anmerkungen

1 La Grande Librairie, »La révélation Gaël Faye avec son roman *Petit pays*«, https://youtu.be/onYVL-W7fPQ (Stand: 23. 4. 2024).

2 La Grande Librairie (s. Anm. 1).

3 Siehe dazu: »C'est où, le Rwanda?«, in: *1jour1actu.com*, 5. 4. 2019, www.1jour1actu.com/monde/cest-ou-le-rwanda (Stand: 23. 4. 2024). Siehe dazu auch das sehr interessante Buch: Kwame Anthony Appiah, *Identitäten. Die Fiktionen der Zugehörigkeit*, übers. von Michael Bischoff, München [3]2021.

4 Vgl. Frank Kaspar, »Die Stimme des Völkermords«, in: *Deutschlandfunk Kultur*, 22. 4. 2014, www.deutschlandfunkkultur.de/ruanda-die-stimme-des-voelkermords-100.html (Stand: 23. 4. 2024).

5 Vgl. Jean Hatzfeld, *Une saison de machettes*, Paris 2005. J. H. gibt in diesem Band in 37 Kapiteln 37 Aussagen wieder, die alle von den schrecklichen Tötungen zeugen.

6 Vgl. »Fin de la mission des Casques bleus au Rwanda«, in: *Libération*, 9. 3. 1996, www.liberation.fr/planete/1996/03/09/fin-de-la-mission-des-casques-bleus-au-rwanda_166311/ (Stand: 23. 4. 2024).

7 Siehe eine *Arte*-Dokumentation: Corentin L., »Rwanda, miracle après le génocide«, in: *YouTube*, 27. 2. 2021, www.youtube.com/watch?v=Ak40fnnCLug (Stand: 23. 4. 2024).

8 GEO/AFP, »Rwanda: au mémorial de Kigali, le souvenir

de l'horreur du génocide«, in: *GEO*, 27 .5. 2021, www.geo.fr/histoire/rwanda-au-memorial-de-kigali- le-souvenir-de-lhorreur-du-genocide-204916 (Stand: 23. 4. 2024).

9 Jean Hatzfeld, *Dans le nu de la vie. Récits des marais rwandais*, Paris 2000.

10 Récit de Cassius Niyonsaba, 12 ans. Ebenda., S. 15.

11 Ebenda, S. 16 f.

12 Ebenda, S. 14.

13 Ebenda, S .65.

14 Informationen aus: www.cia.gov/the-world-fact book/countries/rwanda/summaries; www.bpb.de/kurz-knapp/lexika/kosmos-weltalmanach/65774/ruanda/ (Stand: 23. 4. 2024).

15 Siehe dazu: Emilie Cochaud, »Rwanda: pourquoi devient-il une destination tendance?«, in: *20 minutes*, 10. 5. 2019, www.20minutes.fr/voyage/2514031-20190510-rwanda-pourquoi-devient- destination-tendance (Stand: 23. 4. 2024).

16 Siehe dazu: »Rwanda: au mémorial de Kigali« (s. Anm. 8).

17 Vgl. La Grande Librairie (s. Anm. 1).

18 Zu diesem Themenkomplex ist folgendes Buch zu empfehlen: Dipo Faloyin, *Afrika ist kein Land*, übers. von Jessica Agoku, Berlin 2023.

19 Zum *Radio des Mille Collines* siehe Bericht im DLF, Kaspar (s. Anm. 4).

20 www.lejdd.fr/culture/portrait-gael-faye-lecriture-pour-la-vie-103892 (Stand: 23. 4. 2024)

21 Art 2 Voir, »Gaël Faye. Quand deux fleuves se

rencontrent«, 14. 5. 2014, https://vimeo.com/95279810 (Stand: 23. 4. 2024).

22 Patrice Normand / Opale, »PORTRAIT. Gaël Faye, l'écriture pour la vie«, in: *Le Journal du Dimanche*, 11. 9. 2016, www.lejdd.fr/culture/portrait-gael-faye-lecriture-pour-la-vie-103892 (Stand: 23. 4. 2024).

23 Ebenda.

24 Ebenda.

25 Zit. nach Doan Bui, »Gaël Faye, le slameur franco-rwandais qui bouleverse la rentrée littéraire«, in: *Le Nouvel Obs*, 9. 9. 2016, https://bibliobs.nouvelobs.com/romans/20160909.OBS7801/gael-faye-le-slameur-franco-rwandais-qui-bouleverse-la-rentree-litteraire.html (Stand: 23. 4. 2024).

26 Ebenda.

27 Einzige negative Kritik, auf die ich aber nicht weiter eingehen möchte: Charlotte Neuhauss, »Kleines Land, große Klischees«, in: *literaturkritik.de*, 5. 10. 2017, https://literaturkritik.de/kleines-land-grosse-klischees,23763.html (Stand: 23. 4. 2024).

28 La Grande Librairie, »La révélation Gaël Faye avec son roman Petit pays«, in: *YouTube*, 2. 9. 2016, https://youtu.be/onYVL-W7fPQ (Stand: 23. 4. 2024).

29 Gaël Faye, »Gaël Faye – Petit Pays«, in: *YouTube*, 12. 3. 2012, https://youtu.be/XTF2pwr8lYk (Stand: 23. 4. 2024).

30 Informationen zum großen Teil aus den folgenden Interviews: francesca albini, »Interview avec Eric Barbier, réalisateur du film *PETIT PAYS*«, in: *YouTube*, 7. 8. 2021, https://youtu.be/VcLOr_BK7-w

(Stand: 23. 4. 2024) und L'invité, »Eric Barbier et Gaël Faye: ›Notre petit Pays‹«, in: *YouTube*, 7. 9. 2020, https://youtu.be/dqVZcODBmUU (Stand: 23. 4. 2024).

31 Scholastique Mukasonga, *Inyenzi ou les Cafards*, Paris 2006.

32 Scholastique Mukasonga, *Notre-Dame du Nil*, Paris 2012, S. 10.

33 Beata Umubyeyi Mairesse, *Ejo. Suivi de Lézardes et autres nouvelles*, Paris 2020.

34 Beata Umubyeyi Mairesse, *Tous tes enfants dispersés*, Paris 2019.

35 Ebenda, S. 12 f.

36 Beata Umubyeyi Mairesse, *Consolée*, Paris 2022.

37 WLAB, »Corneille – Parce qu'on vient de loin«, in: *You Tube*, 3. 5. 2011, https://youtu.be/WDr3qCcXKXk (Stand: 23. 4. 2024). – Bekanntester Song: »Parce qu'on vient de loin«.

38 Corneille, *Là où le soleil disparait*, Paris 2016, S. 12.

39 Ebenda, S. 17.

40 Ebenda.

12. Zentrale Begriffe und Definitionen

Afrique des Grands Lacs: Eher politische als geografische Bezeichnung für die vier ostafrikanischen Länder Burundi, Demokratische Republik Kongo, Uganda und Ruanda, die an den großen afrikanischen Seen liegen: *lac Albert, lac Édouard, lac Kivu, lac Tanganyika, lac Kyoga, lac Victoria* und *lac Malawi.*

➤ S. 56

Autofiktion [Autofiction]: Im Unterschied zur Autobiografie, in der ein Autor sein Leben thematisiert, ist die Autofiktion eine Mischform, in der autobiografische Elemente mit fiktionalen Elementen kombiniert werden. Die Erzählform ist seit der Jahrtausendwende im Aufwind und erhebt nicht den Anspruch auf eine wie auch immer geartete Wahrheit, die es im Prinzip auch für die Autobiografie nicht gibt. Schon Goethe thematisierte in seiner Autobiografie »*Dichtung und Wahrheit*« die Problematik der reinen Autobiografie, weil sie zu stark subjektiv geprägt sei.

➤ S. 10 f.

Burundi (République du Burundi): Burundi ist ein ostafrikanischer Binnenstaat. Er grenzt im Norden an Ruanda, im Osten an Tansania und im Westen an die Demokratische Republik Kongo. In Burundi gibt es eine Grenze zur Demokratischen Republik Kongo, die zum größten Teil durch den Tanganjikasee führt.

Hauptstadt: Gitega.

Amtssprachen: Kirundi, Französisch, Englisch, Suaheli.

Bevölkerung: 14,09 Millionen.

Bruttoinlandsprodukt: 2,78 Milliarden USD (2021) Weltbank.
Fläche: 27 834 km².
Währung: Burundi-Franc.
Regierungsform: Präsidialsystem.
Staatsoberhaupt und Regierungschef: Evariste Ndayishimiye, Amtsantritt: 18.6.2020. Vertreter: Vize-Präsident Prosper Bazombanza, Amtsantritt: 23. 6. 2020.
Burundi hat seit 1963 diplomatische Beziehungen zur Bundesrepublik Deutschland.

➤ S. 56

Coming-of-Age-Roman: Literarische Gattung, die sich auf eine Geschichte konzentriert, in der ein junger Protagonist oder eine junge Protagonistin die Reise vom Jugendlichen zum Erwachsenen durchlebt und die Herausforderungen, Konflikte und Entwicklungen, die mit dem Übergang von der Jugend zur Erwachsenenwelt einhergehen, thematisiert. In Coming-of-Age-Geschichten stehen Fragen der Identität, Selbstfindung, des persönlichen Wachstums und des Verlusts der Unschuld im Mittelpunkt.

➤ S. 43

FRODEBU (Front pour la Démocratie au Burundi): politische Partei, die 1992 mit der neuen burundischen Konstitution gegründet wurde. Sie ging aus der Partei *Parti des travailleurs du Burundi* hervor. Es handelte sich um eine fortschrittliche Partei, der hauptsächlich Hutu angehörten. Ihr Vorsitzender war Melchior Ndadaye. Am 1. Juni 1993 wählten die Burunder einen neuen Staatspräsidenten. Bei einer Wahlbeteiligung von 97,3 % konnte der Herausforderer Melchior Ndadaye 64,8 % der Stimmen auf sich vereinigen und wurde der erste demokratisch gewählte Präsident Burundis. Weniger als vier Monate später wurde er während eines Putsches von Tutsi-Militärs entführt und ermordet. 2005 wurde eine Koalitionsregierung gebildet, die proportional sowohl aus Tutsi als auch aus Hutu bestand und ebenso verschiedene politische Parteien berücksichtigte und eine Überwindung der Bipolarität darstellen sollte. Diese wurde jedoch von der Mehrheitspartei CNDD-FDD, einer ehemaligen Hutu-Rebellenbewegung dominiert.

➤ S. 16

Genozid [le génocide]: Der Begriff ›Genozid‹ wurde nach dem Holocaust im Zweiten Weltkrieg geprägt, um die geplante Auslöschung der jüdischen Bevölkerung durch das nationalsozialistische Deutschland zu beschreiben. Als Genozid wird die systematische Vernichtung einer ethnischen, nationalen, religiösen oder kulturellen Gruppe bezeichnet, die darauf abzielt, diese Gruppe ganz oder teilweise auszulöschen. Dies kann durch körperliche, sexuelle und psychische Gewalt bis hin zu Tötungen erfolgen, oftmals einhergehend mit Zwangsmaßnahmen wie Umsiedlungen oder Aufenthalte in Arbeitslagern. Ein Genozid ist ein schwerwiegender Verstoß gegen das Völkerrecht und wird als eines der größten Verbrechen gegen die Menschlichkeit betrachtet. Die internationale Gemeinschaft hat verschiedene Institutionen und Mechanismen geschaffen, um Genozide zu erkennen, zu verhindern und zu verfolgen, darunter den Internationalen Strafgerichtshof und die Völkermordkonvention der Vereinten Nationen von 1948. Weitere Beispiele für einen Genozid sind die weitgehende Vernichtung des Volks der Herero durch deutsche Kolonialtruppen in den Jahren 1904 bis 1908 im heutigen Namibia und die Vertreibung und Ermordung von rund 1,5 Millionen in der Türkei lebenden Armeniern durch das Osmanische Reich in den Jahren 1915/16. Auch der Mord an Angehörigen der Tutsi durch Kämpfer der Hutu in Ruanda 1994 war ein Genozid.

➤ S. 7 ff., 46 ff.

Hutu: Der Begriff ›Hutu‹ bezieht sich auf eine ethnische Gruppe im subsaharischen Afrika, insbesondere in den Ländern Ruanda und Burundi. Die Hutu sind eine der drei Hauptethnien in Ruanda, neben den Tutsi und den Twa. Diese drei Ethnien haben eine gemeinsame Geschichte, Kultur und Sprache, aber historisch gesehen gab es zwischen ihnen soziale und wirtschaftliche Unterschiede. Die Hutu waren hauptsächlich Landwirte. In der Kolonialzeit wurden diese Unterschiede von den europäischen Kolonialmächten, insbesondere von den Belgien, postuliert, verstärkt und instrumentalisiert, was zu Spannungen und Konflikten zwischen den Gruppen führte. Bekannt wurde die Hutu-Bevölkerung vor allem durch ihre Beteiligung am Völkermord in Ruanda im Jahr 1994, bei dem extremistische Hutu-Milizen einen beispiellosen Genozid an der Tutsi-Bevölkerung und an gemäßigten Hutu verübten. Die Mehrheit der Hutu-Bevölkerung war jedoch nicht am Völkermord beteiligt.

➤ S. 8, 12, 46 ff., 59

Kinyarwanda: Kinyarwanda ist neben Suaheli, Französisch und Englisch eine der Amtssprachen Ruandas, die zur

Bantu-Gruppe der Niger-Kongo-Familie gehört und eng mit Kirundi verwandt ist. Kinyarwanda wird auch in angrenzenden Gebieten der Demokratischen Republik Kongo und Ugandas gesprochen. Es gibt über sieben Millionen Sprecher, die sowohl Hutu als auch Tutsi, Banyamulenge und Twa sind.

➤ S. 23

Kirundi: Kirundi, auch Rundi und Rundisch, ist eine in Burundi verbreitete, von etwa 95 % der Bevölkerung als Muttersprache gesprochene Bantusprache und neben dem Französischen Amtssprache des Landes.

➤ S. 105

Postkoloniale Strukturen [structures (f.) post-coloniales]: Strukturen in einer ehemaligen Kolonie, die in die Gegenwart hineinreichen und die von den Kolonisatoren eingeführt wurden, die das Land bzw. das Volk in eine Abhängigkeit von der ehemaligen Kolonialmacht gebracht haben.

➤ S. 92 ff.

Radio des Mille Collines: *Radio-Télévision Libre des Mille Collines*, auch *Hate Radio* oder *Radio Machete* genannt, ist ein ruandischer Sender, der Hass-Propaganda gegen Tutsi, gemäßigte Hutu und Belgier betrieb und sich vor allem mit einfachen Botschaften und populärer Musik an die unteren Schichten der zum großen Teil analphabetischen Bevölkerung richtete. Der Sender war maßgeblich an der Koordinierung der Massaker beteiligt. Gegen einige Verantwortliche und Moderatoren des Senders wurden vor dem Internationalen Strafgerichtshof für Ruanda Strafverfahren eröffnet. Félicien Kabuga, damals Leiter des Senders, wurde am 16. Mai 2020 in Frankreich verhaftet. Milo Rau, der Schweizer Theatermacher, hat 2011 ein Theaterstück über den Sender und seine Rolle während des Genozids auf die Bühne gebracht. Das Stück stellt historische Ereignisse nach, Original-Sendeprotokolle und -Aufnahmen flossen in den Theatertext ein. Die Moderatoren wurden von überlebenden Tutsi gespielt. Das Stück wurde unter anderem auch in Kigali aufgeführt.

➤ S. 50, 102

Tutsi: Der Begriff ›Tutsi‹ bezieht sich auf eine ethnische Gruppe in Zentralafrika, hauptsächlich in den Ländern Ruanda, Burundi und in einigen Teilen der Demokratischen Republik Kongo. Die Tutsi sind eine der drei Hauptethnien in Ruanda und in Burundi neben den Hutu und den Twa. Historisch gesehen gab es soziale und wirtschaftliche Unterschiede zwischen den Tutsi, den Hutu und den Twa. Die Tutsi waren hauptsächlich Viehzüchter. In der Kolonialzeit wurden von den Kolonialmächten, insbesondere den Belgiern, physiognomische Unterschiede postuliert. Es wurde z. B. behauptet, die Nasenform sei bei den beiden Gruppen unterschiedlich. Auch wurden Hierarchisierungen der Ethnien vorgenommen. Das führte zu Spannungen und Konflikten zwischen den Gruppen. Die Tutsi waren im Laufe der Geschichte oft die dominierende Gruppe in der Region. Es gab Zeiten, in denen sie herrschten, während die Hutu oft als untergeordnet galten. Nach der Unabhängigkeit Ruandas und Burundis kam es jedoch zu politischen und sozialen Veränderungen, die die Machtstrukturen beeinflussten. Bei dem Genozid 1994, der von extremistischen Hutu-Milizen verübt wurde, wurden die Tutsi zur Hauptopfergruppe.

➤ S. 8, 12, 46 ff., 59

UPRONA (Union pour le Progrès national): Nationalistische Partei in Burundi, die 1960 im Königreich Burundi gegründet wurde. Diese Partei spielte eine entscheidende Rolle für die burundische Unabhängigkeit und war später die Einheitspartei des Landes. Unterstützer von UPRONA waren zumeist Tutsi.

➤ S. 16